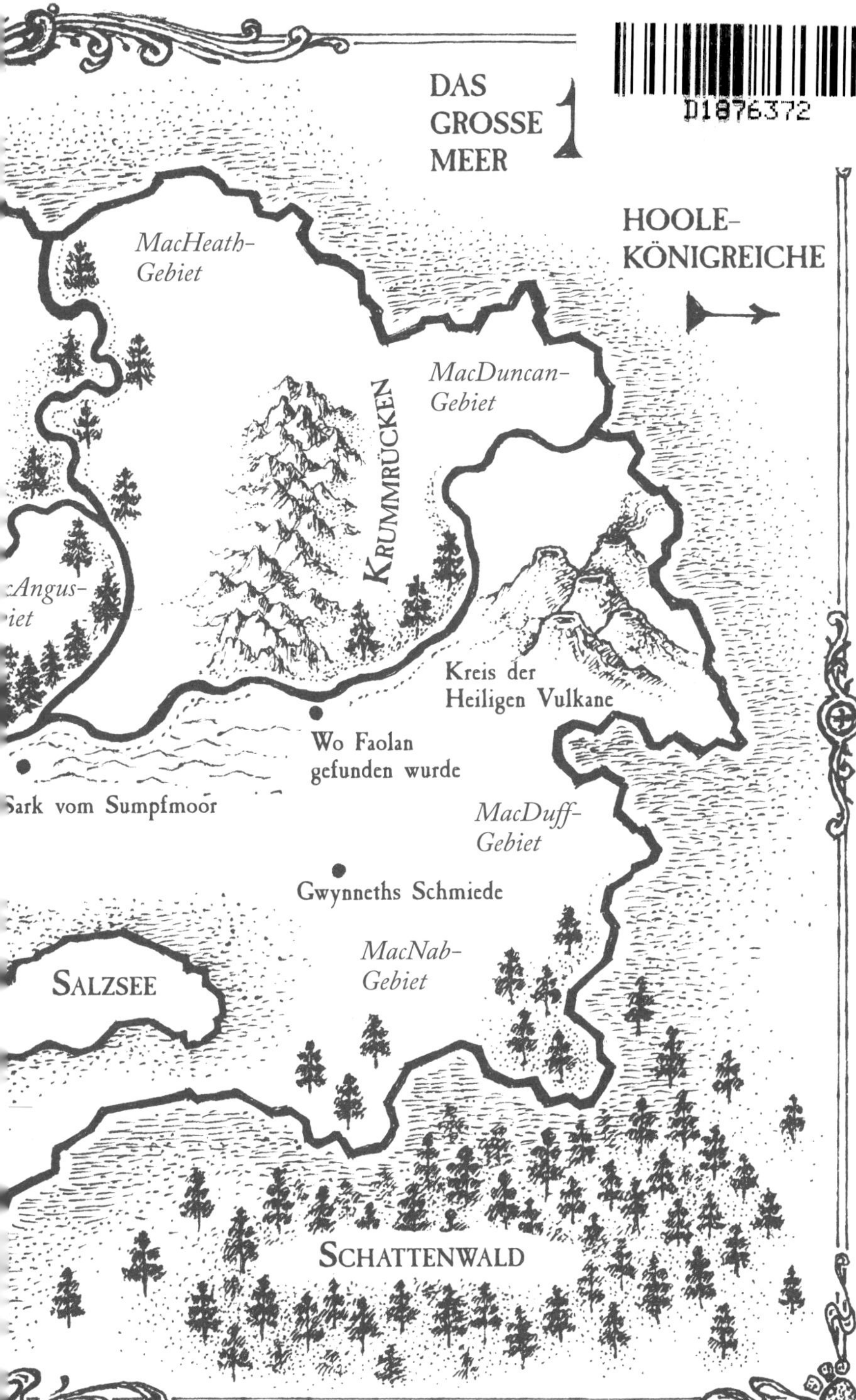
DAS GROSSE MEER
HOOLE-KÖNIGREICHE
MacHeath-Gebiet
MacDuncan-Gebiet
KRUMMRÜCKEN
Kreis der Heiligen Vulkane
Wo Faolan gefunden wurde
MacDuff-Gebiet
Gwynneths Schmiede
MacNab-Gebiet
SALZSEE
SCHATTENWALD

Kathryn Lasky

Der Clan der Wölfe

Schattenkrieger

Kathryn Lasky

Der Clan der Wölfe

Schattenkrieger

Band 2

Deutsch von Ilse Rothfuss

Ravensburger Buchverlag

Bibliografische Information der Deutschen Nationalbibliothek:
Die Deutsche Nationalbibliothek verzeichnet diese Publikation in der Deutschen Nationalbibliografie. Detaillierte bibliografische Daten sind im Internet über http://dnb.d-nb.de abrufbar.

MIX
Aus verantwortungsvollen Quellen
FSC
www.fsc.org
FSC® C114500

Das für dieses Buch verwendete FSC®-zertifizierte Papier liefert Arctic Paper Mochenwangen GmbH

1 2 3 4 5 17 16 15 14

Deutsche Erstausgabe

Published by Arrangement with Scholastic Inc.,
557 Broadway, New York, NY 10012 USA

Die Originalausgabe erschien 2010
unter dem Titel *Wolves of the Beyond. Shadow Wolf*
bei Scholastic Press.

Dieses Werk wurde vermittelt durch die
Literarische Agentur Thomas Schlück GmbH, 30827 Garbsen.

Redaktion: Franziska Jaekel
Umschlaggestaltung: Hauptmann und Kompanie Werbeagentur, Zürich
Verwendete Fotos von Straublund/Getty Images und
Jorgen Larsson/Getty Images
Vorsatzkarte: Wahed Khakdan

Printed in Germany

ISBN 978-3-473-36880-8

www.ravensburger.de

Für Mary Alice Kier und Anna Cottle –
die Fengos meiner Garde

K. L.

Inhalt

Das Dunkelste des Dunklen

Es war der Grasgeruch – der Geruch nach Spätsommergras, Nelkenwurz und Gelbem Enzian, gemischt mit einem leichten Aschehauch. Wie ein Fluss durchströmte Faolan der würzige Duft und weckte verlorene Erinnerungen in ihm. Das ist mein Rudel, das Rudel vom Osthang. Mein Clan, der Clan der MacDuncan. Jeder einzelne dieser Gerüche bestätigte ihm, dass er endlich zu Hause war.

Der Geruch eines Wolfsrudels veränderte sich geringfügig, je nach Jahreszeit oder der Nahrung, die die Wölfe zu sich nahmen. Hinter diesen leichten Abweichungen verbarg sich jedoch ein ganz elementarer Geruch, der das innerste Wesen der Wölfe verkörperte. Im Schlaf war Faolan eingehüllt in diese vertrauten, lang ersehnten Gerüche wie in einen schützenden Kokon. Durch den Geruch war er fest mit seinem Clan verbunden.

Dabei schlief Faolan gar nicht in einem Rudelbau, im warmen, feuchten Atemdunst seiner Wolfsbrüder.

Nein, Faolan schlief allein. Als Knochennager lebte er am Rand des Rudels und musste sich seinen Unterschlupf selbst suchen. Die restliche Meute hauste in zwei geräumigen Höhlen, die sie im letzten Sommer am Krummrücken gegraben hatten. Die Höhlen waren weit entfernt, aber ihr Geruch hing noch in der Luft.

Faolan zitterte. Winzige Risse durchzogen seinen Schlaf und namenlose Schrecken schlichen sich ein, finsterer als die mondlose Nacht. Plötzlich stand die Schwärze in Flammen. *Aufwachen! Aufwachen!*, schrie er in seinem Traum. Aber es war kein Traum, sondern eine Erinnerung. Bis in den Schlaf hinein verfolgte Faolan das Grauen, das ihn erfasst hatte, als er von einem halben Dutzend Wölfen aus mehreren Clans gejagt worden war. Verfolgt von seinen eigenen Wolfsbrüdern, die ihn wegen seiner gespreizten Pfote ins Feuer hatten treiben wollen. Noch jetzt spürte er die Hitze der Flammen, die unter ihm gelodert hatten, als er in hohem Bogen über die Feuerwand gesprungen war. In seiner Panik schlug er mit der Pfote auf den Boden der Höhle, die er sich als Nachtlager gegraben hatte. Ein kleiner Erdschauer rieselte vom Dach und weckte ihn endlich auf.

Faolan richtete sich auf, soweit das enge Erdloch es zuließ. Nur in der tiefsten Finsternis, in den Nächten, in denen der Mond verschwand, nahm dieser Albtraum Gestalt an. Zu diesen Zeiten heulten selten Wölfe und es kam ihm so vor, als klafften Löcher in der Stille, durch die die Angst hereinschlüpfen konnte.

Vorsichtig hob er den Kopf und schnüffelte. Keine Spur von Rauch oder Feuer. Nur ein schwacher Hauch des vertrauten Rudelgeruchs wehte ihn im Dunkeln an. *Meine Nase sagt mir, dass ich zu Hause bin. Ich gehöre hierher, dies ist meine Familie, mein Clan. Und doch* … Tief in Faolans Innerem lauerte ein Schmerz, gegen den kein Geruch der Welt ankam.

Rentiermond

Zu einer bestimmten Zeit im Frühherbst zerschnitt der Mond die Nacht wie die schmale Sichel eines Rentiergeweihs. In dieser Zeit zogen die Herden langsam in Richtung Süden, zuerst die Kühe mit ihren Kälbern, dann die Bullen. Die Wölfe setzten sich auf ihre Fährten und folgten dieser Vorhut der großen Wanderung, um alte Kühe oder schwache Kälber zu reißen. Gesunde Kälber durften nicht getötet werden, das verboten die Jagdregeln. Außerdem begann die wahre Jagdzeit erst mit der Ankunft der Bullen.

Als an diesem Morgen die Sonne am Horizont hervorbrach, erfüllte ein Heulen die Luft. Es war die Stimme von Greer, der *Skrielin* des MacDuncan-Flussrudels, die die Wölfe zur Jagd rief. Aber nicht zur Rentierjagd. In der Nähe des Flusses war gerade die Fährte eines Elchbullen aufgespürt worden. Das Rudel hatte sofort Kundschafter ausgesandt, die seine Fährte aufnehmen sollten. In ihrer Abwesenheit bildete sich ein *Byrrgis*, die Jagdformation der Wölfe.

Elchbullen waren oft unberechenbar und trotz ihrer Masse erstaunlich wendig. Um eine solche Beute zur Strecke zu bringen, musste ein großer *Byrrgis* auf die Beine gestellt werden. Die Jagd war gefährlich, besonders jetzt, in der Paarungszeit der Elche. Selbst Faolans zweite Milchmutter, die Grizzlybärin Donnerherz, hatte in der Zeit des Rentiermondes einen großen Bogen um Elche gemacht. Faolan versuchte seine Aufregung zu bezähmen, als die Rudel sich versammelten und auf die Rückkehr der Kundschafter warteten. Der Lärm des Begrüßungspalavers, das sogenannte *Gaddergladder*, das einer Jagd auf Großwild wie diesen Elchbullen vorausging, drang an sein Ohr. Faolan spürte, wie das Blut schneller durch seine Adern rauschte, und scharrte mit den Pfoten.

Das hier war seine Chance. Er würde mit dem Rudel jagen und versuchen, alles richtig zu machen – was gar nicht so einfach war, bei den vielen Regeln und Bräuchen, die es zu beachten galt. Für alles gab es bestimmte Rudel- und Clanwörter, besondere Ausdrücke, die ihm fremd waren, denn Faolan war in seinem ersten Lebensjahr als Einzelgänger umhergestreift. Er war ein rudelloser Wolf gewesen, ein Clanloser. Wegen seiner gespreizten Pfote war er als Neugeborener zum *Malcadh* erklärt worden. *Malcadh* bedeutete „verflucht" und nach den starren Regeln, die das Leben der Wolfsclans in den Hinterlanden beherrschten, wurden alle *Malcadh* von der Obea eines Clans an einem abgelegenen Ort ausgesetzt. Dort verhungerten sie oder wurden von Eulen oder anderen Räubern verschlungen. Die Eltern der *Malcadh* wurden ebenfalls aus dem Clan verbannt und durften sich nie wieder miteinander paaren. Durch diese Maßnahme wurden die Blutlinien der Rudel gesund erhalten. Wenn ein *Malcadh* überlebte, was selten vorkam, konnte es in den Clan zurückkehren, aber nur als verachteter Knochennager, der von allen anderen Wölfen misshandelt wurde.

Faolan war nicht gestorben. Eine Grizzlybärin namens Donnerherz hatte ihn gerettet. Fast ein Jahr lang war Faolan bei seiner zweiten Milchmutter geblieben. Doch am Ende des Winters war sie bei einem Erdbeben ums Leben gekommen. Den ganzen Frühling und den größten Teil des Sommers über hatte Faolan allein gelebt, bis er vor einem knappen Mondzyklus zu den Wölfen zurückgekehrt war, weil er die Einsamkeit nicht mehr ertragen konnte. „Zurückgekehrt“ klang seltsam in seinen Ohren, denn er hatte nie lange genug unter Wölfen gelebt, um sich wirklich heimisch im Rudel zu fühlen. Und das bekam er jetzt jeden Tag zu spüren. Sogar die frechen kleinen Welpen machten sich über ihn lustig. „Faolan, sag mal ‚Rentier'", neckten sie ihn. Und wenn er das Wort aussprach, japsten sie vor Vergnügen und riefen: „Der redet ja wie ein Bär!" Niemand wies sie zurecht. Selbst der winzigste Welpe durfte ihn verspotten, so viel er wollte, weil Faolan ein Knochennager war.

Lord Breac, der Anführer des Osthangrudels, näherte sich jetzt mit seinen Leutnants. Faolan nahm schnell die Unterwerfungshaltung ein, die von ihm erwartet wurde, sobald sich ein Rudelmitglied näherte. Das galt besonders für hochrangige Wölfe wie den Rudellord.

Noch bevor sein Bauch den Boden berührte, spürte Faolan einen stechenden Schmerz in der Flanke. Er war nicht schnell genug gewesen, wie üblich. Flint, einer der Leutnants, hatte ihn gebissen und in den Dreck geschleudert. Jetzt kam er zurück und packte Faolan an der Schnauze. Das war eine der schlimmsten und schmerzhaftesten Demütigungen, die einem Knochennager zugefügt werden konnte.

„Vergeude nicht deine Energie, Flint", bellte Lord Breac. „Lass ihn in Ruhe. Du brauchst deine Kräfte noch für den *Byrrgis*."

Und ich?, dachte Faolan. *Brauche ich meine Kräfte etwa nicht?* Er tröstete sich mit dem Gedanken, dass er bald nicht mehr unsichtbar sein würde, wenn sie ihn im *Byrrgis* laufen sahen.

Lord Breac hielt inne und drehte sich zu Faolon um. Er wollte sich überzeugen, ob der Knochennager ihm folgte, und zwar mit eingeklemmtem Schwanz und in geduckter Haltung, wie es sich für einen Wolf seines Ranges gehörte. „Denk daran: Die Knochen werden groß sein, sodass wir sehen können, wie gut du das Schnitzen gelernt hast!“

Ja, das Schnitzen – aber was ist mit dem Jagen?, fragte sich Faolan. Er konnte viel mehr, als nur Knochen benagen, von denen die höherrangigen Wölfe das Fleisch abgefressen hatten. Beim *Byrrgis* würde er ihnen zeigen, was in ihm steckte. Die Weibchen galten als schnellste Läuferinnen und ließen sogar die Rüden hinter sich. *Aber ich bin noch schneller*, dachte Faolan im Stillen. Und welcher andere Wolf konnte auf den Hinterbeinen gehen, wie Donnerherz, die Grizzlybärin, es ihm beigebracht hatte? Er hatte diese Fähigkeit noch keinem Rudelmitglied gezeigt. Er wusste auch nicht, ob er sie in einem *Byrrgis* einsetzen konnte. Aber wenn, würden den anderen Wölfen sicher die Augen aus dem Kopf fallen.

Knochennager dienten dem Rudel als Sündenböcke und durften von allen ungestraft verhöhnt und misshandelt werden. So war es seit jeher der Brauch. Da alle Knochennager irgendwelche Missbildungen hatten, galten sie als wandelndes Beispiel für die Gefahren, die schlechtes Blut mit sich brachte. Der Clan wusch sich von diesem Makel rein, indem er die Knochennager quälte und demütigte. Diese Wölfe mussten nicht nur viel einstecken, es wurde auch viel von ihnen verlangt. Vor allem mussten sie lernen, Knochen kunstvoll zu benagen, um die Chronik der Rudel und Clans der Hinterlande darin zu verewigen, wie es kein gewöhnlicher Wolf vermochte.

Während Faolan Lord Breac folgte, fiel ihm eine Wölfin auf, die den Bauch voller Junge hatte.

„Sie ist spät dran mit ihrem Wurf, was, Flint?“, knurrte Lord Breac.

„Allerdings. Und jeder weiß, dass diese Welpen oft zu früh auf die Welt kommen. Hoffentlich geht sie nicht abseits, aus Angst, dass ein *Malcadh* darunter sein könnte.“

Faolan bremste die Schritte und drehte sich nach der Wölfin um. Ihre Augen flackerten ängstlich und er beobachtete, wie eine andere Wölfin mit zwei Jungen zurückwich und einen großen Bogen um die werdende Mutter machte. Eines der Jungen wollte zu ihr hinlaufen, aber die Mutter versetzte ihm einen scharfen Biss und knurrte: „Bleib weg von ihr.“

Faolans Herz krampfte sich vor Mitleid mit der Wölfin zusammen. *Hoffentlich hat sie es nicht ge-*

hört, dachte er. Aber so wie sie den Kopf hängen ließ, war ihr die böse Bemerkung bestimmt nicht entgangen. Wen wunderte es, wenn sie „abseits" oder „auf Abwege" ging. So nannten es die Wölfe, wenn eine Wolfsmutter sich heimlich entfernte, um ihre Jungen weit weg vom Rudel zur Welt zu bringen, weil sie fürchtete, es könnte ein *Malcadh* darunter sein. *Ein Malcadh, wie ich eins war*, dachte Faolan. *Und noch bin!* War seine erste Milchmutter auch abseits gegangen? War sie weggelaufen, um ihr Ungeborenes vor den Gesetzen des Clans zu beschützen?

Die Ordnung herausfordern

Endlich näherten sie sich der Senge, dem Ort, an dem über zwei Dutzend Mitglieder der vereinten Rudel versammelt waren. Faolan spürte die Blicke der anderen Wölfe auf sich und hörte ihr betroffenes Murmeln.

„Viel zu groß für einen Knochennager."

„Zu gut genährt."

„Der wird sich nach der Jagd heimlich Fleisch nehmen, statt abzuwarten, was für ihn übrig bleibt."

„Unsinn, das würde kein Rudelwolf zulassen."

„Nein, der ist einfach nur groß."

„Nimm dir ein Beispiel an Heep dort drüben", sagte Lord Breac zu Faolan. „Der ist ein musterhafter Knochennager." Faolan hatte bis zu diesem Moment noch mit keinem der anderen Knochennager zu tun gehabt. Vielleicht konnte er wirklich etwas von Heep lernen? Die absolute Unterwürfigkeit zum Beispiel, die von einem Knochennager verlangt wurde und die ihm noch immer so schwerfiel. Neugierig drängte er sich bis zur Hügelkuppe der Senge vor.

Mitten in all dem Schwanzwedeln, Heulen und Buckeln entdeckte er einen gelben Wolf, der sich hingebungsvoll im Dreck wälzte.

Faolans Unterwerfungshaltung ließ einiges zu wünschen übrig. Seine Knie wollten einfach nicht einknicken und auch seine Schultern duckten sich nicht tief genug, dass sein Bauch den Boden streifte. Am schwersten fiel ihm jedoch, den Hals so zu verdrehen, dass er sein Gesicht in die Erde pressen konnte.

Angewidert starrte er auf den gelben Wolf. Das war der Musterknabe, an dem er sich ein Beispiel nehmen sollte? Noch nie hatte er einen Wolf gesehen, der sich so tief in die Erde wühlte. Heeps Schnauze war ganz im Staub verschwunden. Wie konnte er überhaupt noch atmen? Und seine Augen – mehr gelb als grün – hatte er so weit nach hinten verdreht, dass nur noch das Weiße darin zu sehen war. Trotzdem entging Faolan nicht, dass Heep alle paar Sekunden umherspähte, ob seine Darbietung auch gebührend gewürdigt wurde. Und die ganze Zeit zuckte sein Hinterteil, als wollte er den Schwanz zwischen die Beine klemmen. Aber da war kein Schwanz, den Heep unterwürfig einziehen, mit dem er fröhlich wedeln oder den er herausfordernd steif halten konnte.

Er trägt diese Demütigung wie einen zweiten Pelz, dachte Faolan, dem es fast den Magen umdrehte.

Aber egal – dieser Heep galt als Musterknochennager. Vielleicht konnte er ihm etwas über den *Byrrgis* und die Jagd erzählen.

„Und wann dürfen wir in das Heulen einstimmen?“, fragte Faolan und ließ sich neben Heep sinken.

„Was?“, keuchte der gelbe Wolf.

„Ich sagte, wann dürfen ...“

„Ich habe genau gehört, was du gesagt hast, Knochennager. Ich bin nur erstaunt über deine Frage. Du weißt wohl gar nichts?“

„Es war doch nur eine Frage. Ich kenne noch nicht alle Bräuche.“

„Und wenn du so weitermachst, wirst du sie auch nie kennenlernen“, murrte Heep. „Knochennager heulen nicht bei einem *Gaddergladder*. Und auch bei keiner anderen Rudel- oder Clan-Versammlung.“

Faolan hätte gern nach dem Grund gefragt, hielt aber den Mund. Das Heulen war nicht so wichtig. Hauptsache, er konnte mehr über diesen *Byrrgis* in Erfahrung bringen. „Kannst du mir etwas über den *Byrrgis* erzählen? Ich kann ...“ Er zögerte. *Genauso schnell laufen wie die Weibchen,* hätte er fast gesagt. Aber er schluckte es hinunter, weil er keinen Ärger wollte. Stattdessen fuhr er fort: „Ich bin stark. Ich kann lange und schnell laufen.“

Heep nahm seine Schnauze aus der Erde und warf ihm einen abfälligen Blick zu. „Das ist unerheblich für den *Byrrgis*."

„Warum?", fragte Faolan verwundert. „Warum soll das unerheblich sein?"

Im selben Moment stolzierte Lord Claren vorbei. Er blieb direkt vor Heep stehen, der sich sofort wieder zu wälzen begann. Der Lord starrte mit undurchdringlicher Miene auf ihn hinunter, was Heep so beflügelte, dass er vor lauter Unterwürfigkeit fast ganz im Boden verschwand.

„Meinen alleruntertänigsten Dank, Herr, dass ich mich auf meine bescheidene Weise bei diesem *Byrrgis* nützlich machen kann. Lasst mich den edleren Wölfen, dem Hauptmann und den Feldwebeln, als niedriger Fährtenputzer dienen, indem ich den Kot und den Urin der Beute beschnüffle. Es ist mir eine Ehre, genauestens über die Losung Bericht zu erstatten, wenn es dem größeren Ruhm des *Byrrgis* dient."

Losung? Kot und Urin? Wovon in aller Welt redete dieser Wolf? War es etwa ihre Aufgabe, die Exkremente der Beute zu beschnüffeln? Faolan traute seinen Ohren nicht. Damit hatte er nicht gerechnet, auch nicht als Knochennager. Die prickelnde Vorfreude, die ihn die ganze Zeit begleitet hatte, flackerte ein letztes Mal auf wie eine Kerzenflamme und erlosch.

Heep warf Faolan einen verstohlen Blick zu und wisperte: „Ja, ganz recht, das ist unsere Aufgabe, Knochennager. Laufen kannst du vergessen. Wir sind auch nicht beim Todessprint am Ende dabei. Wir schnüffeln nur am Kot und Urin", fügte er genüsslich hinzu und drehte sich zu Lord Claren um, der seine Erklärungen mit einem Kopfnicken bestätigte.

„Und ich würde es Euch auch nicht als Hochmut auslegen, Lord Claren", fuhr Heep fort, „wenn Ihr mich nach dieser geschätzten Jagd eine Weile zu meiden geruhtet – des Gestanks wegen, den ich mir in Erfüllung meiner bescheidenen Pflichten erworben habe." Der gelbe Wolf hielt einen Augenblick in seiner hündischen Selbsterniedrigung inne und fügte mit geziertem Winden hinzu: „Und seid gewiss, Herr, dass ich die Pflicht des Kotschnüffelns voll tiefer Dankbarkeit und Demut erfüllen werde. Den Gestank, der mir danach anhaftet, werde ich mit Stolz tragen, wie einen Orden für meine bescheidenen Dienste."

Wortlos stolzierte Lord Claren davon. Sobald er außer Hörweite war, sagte Faolan: „Heep!"

„Was gibt's, Knochennager?"

„Warum nennst du mich nicht bei meinem Namen?"

„Weil du ihn dir noch nicht verdient hast", sagte Heep mit unverhohlener Verachtung.

„Das ist der Name, den mir meine zweite Milchmutter gegeben hat“, wandte Faolan ein.

„Oh!“, schnaubte Heep. „Dieser Bär.“

„Ja, dieser Bär, die Grizzlybärin Donnerherz.“

Heep trat einen Schritt näher. „Ich will dir mal was sagen, Knochennager. Für einen *Malcadh* gibt es keine Milchmutter – weder eine erste noch eine zweite oder eine dritte. Es beweist nur, wie dumm und eingebildet du bist, wenn du anders darüber denkst.“

Faolan ging knurrend auf Heep zu, der überrascht zurückwich. Als älterer Knochennager mit mehr Erfahrung war er zugleich der Ranghöhere. Mit einer so dreisten Herausforderung hatte er nicht gerechnet.

„Urskadamus!“, murrte Faolan. Das war ein alter Bärenfluch, den er von Donnerherz gelernt hatte. Ein paar Wölfinnen kicherten, aber er beachtete sie nicht und kehrte Heep den Rücken zu.

Als er sich umdrehte, fiel sein Blick auf eine Wölfin, die ihn von der anderen Wegseite aus beobachtete. Sie hatte lohfarbenes Fell und war etwa in seinem Alter, aber kleiner und eindeutig keine Knochennagerin. Dazu war sie zu gut genährt. Faolan konnte auch keine Missbildungen an ihr erkennen.

Neugierig schaute die Wölfin ihn an, aber er konnte ihren Blick nicht erwidern. Ein Knochennager durfte einem anderen Wolf nicht direkt in die Augen sehen, selbst wenn es ein gleichaltriges Tier war. Doch aus dem Augenwinkel bemerkte Faolan, wie die Wölfin vorsichtig näher kam. Er duckte sich, legte die Ohren an und verdrehte den Hals, so gut er konnte, um sein Gesicht in den Boden zu pressen. Dann trafen ihn ihre Worte, leise und unerwartet.

„Das ist hart für dich, was?“, sagte die Wölfin. Faolan wusste sofort, wovon sie redete. „Du kannst dich nicht verstellen, hab ich Recht? Du kannst nicht so heucheln wie Heep.“

„Nein, das kann niemand. Für mich ist Heep gar kein richtiger Wolf.“

„Ja, vielleicht. Aber manchmal muss man einfach mitspielen. Das ist leichter, verglichen mit …“

„Psst! Da kommt er!“

Heep rutschte auf dem Bauch zu ihnen herüber. „Ist es zu fassen?“, schleimte er. „Eine stolze und edle Jungwölfin wie Ihr lässt sich herab, mit niedrigen Kreaturen wie uns zu sprechen. Eine so begabte junge Läuferin aus dem vornehmen Carreg-Gaer-Rudel ist sich nicht zu schade, das Wort an uns Nichtswürdige zu richten!“

Carreg Gaer! Dann gehörte sie also nicht zum Flussrudel. Carreg Gaer war das Rudel des Oberhaupts Duncan MacDuncan. Aber warum war sie hier? Die Unterwürfigkeit, die Heep zur Schau stellte, in der er sich regelrecht suhlte, war ihr sichtlich zuwider. Wortlos machte sie kehrt, um zum Jagdpalaver zurückzugehen. Bald darauf ertönte die schrille Stimme der *Skrielin*. Sie rief die Wölfe ein letztes Mal zur Jagd.

„Mark und Knochen!"

Die beiden Rudel hetzten in Richtung Norden davon.

Eine Jagdformation bestand immer aus zwei Flanken: einer Ost- und Westflanke oder einer Nord- und Südflanke. Lief nur ein Knochennager mit, musste er beide Flanken abdecken. Da Heep und Faolan aber zu zweit waren, wurde Faolan die Ostflanke zugewiesen, die einem alten Aberglauben nach als minderwertig galt, während Heep die Westflanke übernahm. Gemeinsam bildeten sie die Schlusslichter des *Byrrgis*, in dem zweiunddreißig Wölfe mitliefen.

Der *Byrrgis* fächerte über einen halben Kilometer aus, als die Wölfe quälend langsam einen Steilhang erklommen. Faolan wusste, dass er an seinem Platz bleiben musste. Bald stieß er auf den ersten Kothaufen und beschnüffelte ihn. Dann lief er nach vorn, um dem Unterleutnant, einem großen Wolf namens Donegal, den Geruch zu beschreiben. Plötzlich tauchte Heep neben ihm auf. „Ich übernehme das, wenn du nichts dagegen hast."

„Wieso? *Ich* habe doch den Geruch aufgenommen!“ Faolan beäugte Heep vorsichtig, bevor er weitersprach. „Ich weiß, dass ich als neuer Knochennager unter dir stehe, Heep. Aber ich glaube, es würde als äußerst ... ähm ... unbescheiden angesehen werden, wenn du den Geruch an meiner Stelle melden und dann auch noch einen zweiten Bericht von der Westflanke liefern würdest ...“

Heep hob die gelben Augen. Das leuchtende Grün, das die Augen der Hinterlandwölfe kennzeichnete, war kaum darin zu erkennen.

„Egal, du berichtest ihm nichts“, erwiderte Heep mit unterdrückter Wut.

„Doch, natürlich! Du könntest den Unterleutnant erzürnen, weil deine Nase nicht feucht vom dampfenden Elchkot ist.“

Der gelbe Wolf machte kehrt und trottete davon. Dann drehte er sich noch einmal um und warf Faolan einen finsteren Blick zu.

Nachdem Faolan dem Unterleutnant Bericht erstattet hatte, kamen er und Heep als Letzte auf der Hügelkuppe an. Von dort konnten sie den ganzen *Byrrgis* überblicken. Die Wölfe waren schneller geworden und unten in der Ebene in den sogenannten Presspfotenlauf übergegangen. Eine gewaltige Welle lief durch den *Byrrgis*. Die fast drei Dutzend Wölfe bewegten sich mit vollkommener Einmütigkeit. Ihr Geist, ihr Verstand, ihre Muskeln verschmolzen nahtlos miteinander. Sie mussten nicht überlegen, nicht bellen. Sie gehörten zusammen – ein Silberstreif, der zwischen Himmel und Erde dem Horizont entgegenjagte.

Plötzlich schoss die lohfarbene Wölfin hinter einer Außenflankerin hervor. Faolan blinzelte verwirrt. Solange die Beute nicht in Reichweite war, hielten sich die Außenflankerinnen zurück. Erst wenn der Spitzenwolf das Signal gab, dass die Beute allmählich ermüdete, scherten die Läuferinnen aus und rannten los.

Wie Faolan sie beneidete, diese junge Wölfin aus dem Carreg-Gaer-Rudel! Er spürte geradezu, wie sich die Muskeln in ihrem lohfarbenen Körper streckten und ihr Hals sich dehnte. Speichelfäden troffen ihr vom Maul. Dennoch wirkte ihr Lauf wunderbar mühelos. Wenn er doch nur mit ihr rennen könnte! Er war schnell genug. Noch vor wenigen Monaten hatte er ganz allein ein Rentier von seiner Herde getrennt und zur Strecke gebracht.

Aus dem Augenwinkel sah Faolan Heep vorwärtshuschen. Wahrscheinlich hatte der gelbe Wolf ein paar Kothaufen oder eine Urinpfütze entdeckt. Na wenn schon! Er überließ ihm gern die „Ehre", dem Unterleutnant Bericht zu erstatten.

Der Anblick der Wölfe beflügelte Faolan, bis er sich kaum noch bezähmen konnte. Er schnellte vorwärts, dass der Staub nur so aufwirbelte. Die ganze Ostflanke hatte sich zusammengezogen und bildete eine feste Einheit, die plötzlich Tempo gewann. Faolan wusste nicht genau, was die Wölfe vorhatten, aber er wollte dazugehören. Niemand würde etwas merken, wenn er ebenfalls beschleunigte und einfach mitzog.

Dann lief ein Signal durch den *Byrrgis* und Faolan spürte den Druck der Wölfe, die ihn umgaben. Er war jetzt einer von ihnen, ein Gedanke, der ihn bis ins Mark erschauern ließ. Wie Metall in der Glut des Schmiedeofens verwandelte er sich. Sein Schritt verschmolz mit ihrem, seine Muskeln wurden Teil von etwas Größerem. Sein Herz pumpte, vereinigte sich mit dem einen, gewaltigen Rhythmus des Herzschlags all dieser Wölfe. Endlich gehörte er dazu. Er war ein Mitglied des *Byrrgis*! Ein tiefer Rausch erfasste ihn.

Aber Moment mal ... was war das? Faolan spürte einen abrupten Richtungswechsel. Der Elchbulle drehte scharf nach Norden ab. Das konnte nicht richtig sein. Auf diese Weise trieben sie den Elch ins Felsgelände, das voller Spalten und Schluchten war, durch die das Tier entkommen konnte. Faolan wurde noch schneller. Das war seine Chance. Vielleicht war jetzt der Zeitpunkt gekommen, auf die Hinterbeine zu gehen, dachte er in wildem Überschwang. Entschlossen scherte er aus dem dicht gedrängten Pulk aus, um der Beute den Weg abzuschneiden.

Heep sah nur einen Staubwirbel, als Faolan aus dem Rudel ausbrach. *In Lupus' Namen, was soll das jetzt wieder?*, knurrte er vor sich hin und ließ sich ein Stück zurückfallen. So konnte er hinüberhuschen und sich einen besseren Überblick über die Ostflanke verschaffen. Verwirrt kniff er die Augen zusammen. Was er da zu sehen bekam, war einfach unglaublich. Dieser Faolan begriff überhaupt nichts. Er hatte offenbar keine Ahnung, dass der *Byrrgis* den Elch in die Zange nehmen und zum Umkehren zwingen wollte. Mit ausgestrecktem Schwanz, der wie eine silberne Feder hinter ihm herwehte, schoss Faolan vorwärts und nahm die Zangenmanövrierer seinerseits in die Zange. Das war unerhört – ein schwerer Verstoß gegen die *Byrrgnock*-Gesetze, ein Vergehen ersten Ranges!

Tiefe Schadenfreude erfüllte Heep. Beim Mond der Singenden Gräser, der fremde Wolf würde aus dem Rudel und aus dem Clan verjagt werden und in der Dunkelwelt enden. Er, Heep, brauchte kein Wort zu sagen und keine Pfote zu rühren. Der Knochennager Faolan riss sich gerade selbst das Fleisch von den Knochen.

In vollem Lauf jagte Faolan dahin. Er streckte sich, spürte den Wind in seinem Fell und den Boden, den seine Füße kaum noch berührten. Ja, dafür war er gemacht – den Wind zu fangen und die Sonne zu beißen, die gerade hinter dem Horizont versank. Plötzlich schob sich die lohfarbene Flanke der jungen Wölfin in sein Blickfeld. Faolan konnte es selbst kaum glauben, dass er sie so schnell eingeholt hatte. Eine wilde Freude stieg in ihm auf, als er die Kraft in seinen Muskeln spürte.

Faolan überholte die lohfarbene Wölfin und zog schon fast mit den Vorläufern gleich. Dann fing er plötzlich Signale auf, die zwischen den Feldwebeln und Hauptleuten hin- und herflogen. Unmerkliche Gesten und Bewegungen – ein leichtes Ohrenschnellen, ein plötzliches Schwanzaufrichten. Er nahm die Signale wahr, verstand jedoch ihre Bedeutung nicht. Und als er sich vor das Rudel setzte, noch vor die Außenflankerinnen und die Spitzenwölfe, hörte er nicht, was im *Byrrgis* vor sich ging. Er merkte nicht, wie die Formation ins Stocken geriet und aus dem Tritt kam, fing nicht das ratlose, tiefe Knurren der Rudelmitglieder hinter ihm auf. Nein, Faolan hatte nur einen Gedanken im Kopf – den riesigen Elchbullen vor ihm aufhalten. Er schoss an dem Bullen vorbei und bremste scharf ab, weit genug von ihm entfernt, um herumzuwirbeln und auf die Hinterbeine zu gehen. Es war, als ob der Geist der Grizzlybärin Donnerherz von ihm Besitz ergriff, als er sich aufrichtete. Er hielt die Vorderpfoten, wie er es bei Donnerherz gesehen hatte, und spürte geradezu, wie seine Klauen länger und schärfer wurden. *Ich bin beides – Wolf und Bär. Ein Grizzlybär.* Sein Heulen grollte wie Donner durch die Luft.

Der Elch kam schlitternd zum Stehen. Ein wildes Licht flackerte in seinen dunklen Augen auf. Dann bellte der Elch, wirbelte herum – und griff den *Byrrgis* an! Wie ein Berg krachte er in die Wölfe und im nächsten Moment erfüllte panisches Heulen und Schreien die Luft.

Großer Ursus, was habe ich getan?

Aber Faolan brauchte keine Erklärung. Er hatte die Ordnung zerstört. Ein Knochennager hatte es gewagt, aus dem *Byrrgis* auszuscheren und sich vor die Außenflankerinnen zu setzen, vorbei an der Vorhut und den Spitzenwölfen! Der *Byrrgis* hatte sich aufgelöst. Der Elch war entkommen.

Die Wut der Aussenflankerinnen

Die Strafe würde nicht auf sich warten lassen. Knochennager wurden weggebissen, wenn sie sich ungebührlich früh an einen Kadaver heranwagten. Sie wurden misshandelt, oft mit einem Hieb auf die Schnauze bestraft und mussten als Zielscheibe für Hohn und Spott herhalten. All das konnte Faolan ertragen. Aber dass ausgerechnet Heep den Knochen schnitzen sollte, auf dem sein Verbrechen verewigt wurde, und dass der gelbe Wolf ihm zudem den gefürchteten Knochenbiss versetzen sollte, war zu viel für ihn. Es drehte ihm den Magen um.

Faolan hatte die Jagd vermasselt und den schwersten Verstoß gegen die Regeln begangen. Er hatte den *Byrrgis* gesprengt. Selbst wenn die Wölfe in der Lage gewesen wären, sich wieder zu sammeln, hätten sie den Elch nicht weiter gejagt. Fleisch, das durch einen Verstoß gegen die Ordnung erbeutet wurde, galt als nicht *morrin*. Es wurde für *cag mag* erklärt, ein altes Wolfswort für „beflecktes Fleisch“. Weil man durch

„beflecktes Fleisch“ den Verstand verlieren konnte, bedeutete der Ausdruck auch „verrückt werden“.

Aber nicht nur das Fleisch, auch Faolan selbst galt nun als *cag mag*, wie er an den scheelen Blicken der anderen Wölfe ablesen konnte. Auch ihr Getuschel blieb ihm nicht verborgen. „Dieser Knochennager ist mehr Bär als Wolf“, hörte er ein Rudelmitglied zu seiner Gefährtin sagen.

„Und wir müssen jetzt seinetwegen hungern“, erwiderte die Wölfin.

Doch diese Worte waren harmlos im Vergleich zu dem, was noch kommen sollte. Faolan stockte das Blut in den Adern, als er Mairie, die lohfarbene Außenflankerin, auf sich zukommen sah. Er duckte sich hastig und diesmal berührte sein Bauch den Boden schneller als je zuvor. Er presste das Gesicht in die Erde, aber noch ehe er den ersten Laut der Zerknirschung von sich geben konnte, trafen ihn Mairies Worte wie ein stechwütiger Bienenschwarm.

„Was in Lupus' Namen hast du dir dabei gedacht? Du hast mir eine einmalige Chance geraubt! Weißt du überhaupt, wie viele Wölfinnen in meinem Alter als Außenflankerin in einem *Byrrgis* mitlaufen dürfen?“ Mairie wartete nicht auf eine Antwort. „Nein, natürlich nicht. Du weißt überhaupt nichts. Du bist ein Idiot!“

„Ich weiß, ich weiß“, sagte Faolan. Seine Stimme war heiser vor Verzweiflung.

„Jetzt müssen wir hungern. Und wir können froh sein, dass niemand getötet wurde, als der Elch in den *Byrrgis* gekracht ist.“

„Was soll ich sagen? Wahrscheinlich ist es am besten, wenn ich fortgehe. Ich werde sowieso verbannt und dann ...“

Aber Mairie schnitt ihm das Wort ab. „Das entscheidet allein Duncan MacDuncan, nicht du!“, fauchte sie ihn an.

„Ja, gut ... aber was soll ich denn noch hier?“

„Was du hier sollst? Zum Carreg-Gaer-Rudel gehen und vor den *Raghnaid* treten, du hasenherziges Stück Elchkot. Du gehst vor einem Elchbullen auf deine blöden Hinterbeine, aber du hast nicht den Mumm, vor einem Gerichtshof Rede und Antwort zu stehen? Und außerdem, wo willst du überhaupt hin?“

„Ähm ...“ Faolan zögerte.

„Na los, sag schon! Nach Ga'Hoole, oder was?“

„Ehrlich gesagt ... ja. Der Gedanke ist mir durch den Kopf gegangen“, murmelte Faolan.

Verblüfftes Schweigen war die Antwort. Dann begann Mairie langsam zu sprechen. „Bist du von allen Wolfsgeistern verlassen? Mondverrückt? Ist dein Verstand jetzt ganz *cag mag* gegangen?“

„War doch nur so eine Idee“, murmelte Faolan und versuchte sein Gesicht noch tiefer in die Erde zu wühlen, während er die Augen nach hinten verdrehte, damit er sie sehen konnte.

„Beim Großen Lupus, was bist du für ein Versager! Du weißt ja noch nicht mal, wie das Unterwerfungswälzen dritten Grades geht! Was übrigens sofort nach dem ersten Bauchscharren erfolgen müsste. Du glaubst wohl, du könntest dich da einfach durchtschurrlullen.“

„Ich weiß nicht, was durchtschurrlullen bedeutet“, gab Faolan zu.

„Genau meine Rede! Tschurlullu ist das Eulenwort für ‚etwas einfach weglachen‘, oder ‚auf die leichte Schulter nehmen‘. Geh nur nach Ga’Hoole. Du sprichst zwar die Sprache nicht und du kannst nicht fliegen, aber was macht das schon?“

„Ich kenne ein paar Eulenwörter. Ich hatte eine Schmiedeeule als Freundin.“

„Oh, fantastisch. Du hattest eine Schmiedeeule als Freundin“, höhnte Mairie. Dann legte sie den Kopf schief. „Vergiss Ga’Hoole. Du gehörst nicht dorthin.“

„Ja, aber hierher gehöre ich auch nicht“, erwiderte Faolan. Er versuchte die Ohren flach anzulegen, wie es sich gehörte, aber sie schnellten immer wieder hoch.

Mairie seufzte. „Ich kann einfach nicht glauben, was du dir auf diesem *Byrrgis* geleistet hast. Ich meine, verflixt noch mal, das sollte doch mein ... mein ..." Mairie geriet ins Stottern, „mein großer Moment sein. Wenn du nicht gewesen wärst, hätte ich das Zangenmanöver zu Ende bringen können." Sie hielt einen Augenblick inne, dann fuhr sie fort: „Hör mal, ich weiß nicht, was der *Raghnaid* entscheiden wird. Und auch nicht, wann sie dich rufen werden. Solange Duncan ..." Wieder zögerte sie. „Solange Duncan so ... so krank ist." Ihre Stimme sank kurz zu einem Wispern herab, doch dann wurde ihr Tonfall wieder beißend. „Und noch etwas! Der Ton, den du immer anschlägst – so redest du nicht mit mir. Und auch nicht mit anderen Wölfen, verstanden? Du bist ein Knochennager. Jeder weiß, dass du ungeheure Kräfte besitzt. Schließlich haben wir deinen Feuersprung gesehen. Aber Wölfe sind abergläubisch. Viele von ihnen finden, dass du die Ordnung herausgefordert hast, indem du über die Feuerwand gesprungen bist. Eine Missachtung der Großen Kette, obwohl es in Wahrheit nur der reine Überlebenswille war. Also kein Grund, in der Gegend herumzustolzieren und große Töne zu spucken oder unverschämte Fragen zu stellen."

Warum redet sie so abfällig darüber?, wunderte sich Faolan. *„Der reine Überlebenswille." Als sei es ein Spaß, von einem Byrrgis gehetzt zu werden und über eine riesige Flammenwand zu springen.*

„Dein Verhalten bei der Elchjagd bestätigt nur, was viele hier befürchtet haben. Diese Wölfe wollen dich loswerden, weil sie glauben, dass du die Mondfäule über uns bringst. Für sie bist du sogar selbst die Mondfäule. Eine wandelnde Mondfäule, wenn du verstehst, was ich meine."

„Im Ernst? Das glauben sie wirklich?", fragte Faolan verwirrt. Mondfäule war der Schatten, den der Mond von der Nacht zuvor am folgenden Tag warf, und galt als schlechtes Omen.

„Und du kannst dich auch nicht damit herausreden, dass du als Einzelgänger gelebt hast und die Bräuche und Gesetze des Rudels nicht kennst. Du gibst dir ja gar keine Mühe, sie zu lernen."

„Aber was soll das alles für einen Sinn haben? Lupus hat mir starke Beine gegeben. Ich habe springen und laufen gelernt, doch nichts davon kann ich hier gebrauchen. Warum ist das so?"

„Du bist nicht der Nabel der Welt, Faolan! Das Rudel besteht nicht aus einem einzigen Wolf und der Clan nicht aus einem einzigen Rudel." Mairie warf ihm einen wütenden Blick zu. „Das wirst du schon noch merken, wenn du erst vor dem *Raghnaid* stehst."

Unwillkürlich klemmte Faolan den Schwanz ein. Der *Raghnaid* erwartete ihn – und damit seine bisher größte Demütigung.

Die Spur im Schlamm

Der Knochenbiss war eine Strafe, die selten angewandt wurde. Aber in den Augen der höherrangigen Rudelwölfe war der Verstoß gegen die Gesetze des *Byrrgis* so schwerwiegend, dass Faolan gebissen werden musste. Um ihn noch mehr zu demütigen und den Schmerz mit Schande zu würzen, war Heep dazu ausersehen worden, ihm den Knochenbiss zu verpassen. Lord Claren, Anführer des Flussrudels, und Lord Breac vom Osthangrudel führten Heep vorwärts. Heep hielt die gelben Augen gesenkt, aber Faolan entging sein schadenfroher Blick nicht.

Inzwischen nieselte es, sodass der Staub sich rasch in feinen, glitschigen Schlamm verwandelte. Der gelbe Wolf trat vor, um ein Stück aus Faolans Fell herauszureißen, vielleicht auch aus seinem Fleisch. Wenn der Biss tief genug ging, wäre Faolan von Heep bis auf die Knochen gezeichnet. Ein Gedanke, der ihm den Magen umdrehte.

Reglos starrte Faolan auf den Boden und wagte

nicht aufzublicken. Das Blut rauschte ihm in den Ohren und sein Herz hämmerte fast so laut wie das von Donnerherz. Tatsächlich kam es ihm vor, als liefe ein Donnergrollen durch seinen Körper. Angstvoll scharrte er mit der gespreizten Pfote in der Erde. Heeps heißer Atem drang ihm in die Nüstern, doch Faolan war entschlossen, weder zurückzuzucken noch wegzulaufen. Diesen Triumph gönnte er Heep nicht. Er biss die Zähne zusammen und wappnete sich gegen das erste Reißen von Fleisch. *Ich muss standhalten. Für Donnerherz. Ich tu's für Donnerherz.* Kaum hatte er diesen Gedanken gefasst, war es, als ergriffe das Herz der Grizzlybärin von ihm Besitz. Er spürte nicht mehr nur das gewaltige Dröhnen, nein, ihr Lebensblut strömte in ihm. Er verlagerte leicht seine Stellung und stemmte die Füße in den Boden, um sich gegen den Schmerz zu wappnen.

Eine Ewigkeit stand er so da, bis ihm plötzlich die Stille ins Bewusstsein drang, die sich über die versammelten Wölfe gesenkt hatte. Was ging hier vor? Da stimmte etwas nicht. Er spürte, wie die Wölfe enttäuscht zurückwichen, als verliefe das blutige Spektakel, das sie sich erhofft hatten, im Sande. Als er aufblickte, sah er, dass Heep vor Angst zitterte. Voll Entsetzen starrten seine gelben Augen auf den Abdruck, den Faolan mit der gespreizten Pfote im

Schlamm hinterlassen hatte. Eine vollendete Spirale zeichnete sich darin ab – wie von einem kreisenden Stern. Faolan blinzelte. Noch nie hatte er einen so deutlichen Abdruck hinterlassen, denn das Spiralmuster war nicht ausgeprägt genug. Hatte er die Pfote so fest in den Boden gestemmt? Aber warum zitterte Heep? Warum hatte sich plötzlich alles ins Gegenteil verkehrt? Er, Faolan, müsste doch vor Angst zittern, nicht Heep.

„Nun mach schon!", knurrte Lord Claren und knuffte Heep.

„Oh, Lord Claren", winselte Heep. Er ging in die Knie und wühlte das Gesicht in die Erde, wobei er ängstlich dem Pfotenabdruck auswich. „Ich bin einer solchen Ehre nicht würdig. Habt Dank für Eure Freundlichkeit, aber es gibt genügend Wölfe, die über mir stehen. Ehrwürdige, edle Wölfe, die auf mir, dem Niedrigsten unter ihnen, herumtreten. Dass ich diesem Wolf den Knochenbiss erteilen soll, ohne die Gefühle der anderen Wölfe zu verletzen, das ist … das ist …"

„Beim Lupus, was soll das?" Der Rudellord sprang auf Heeps bibbernden Kopf und drückte ihn noch tiefer in den Schlamm. Knurrend schnappte er nach dem Gesicht des gelben Wolfs und schüttelte ihm heftig die Schnauze, bevor er ihn von sich schleuderte.

Faolan schaute fassungslos zu. *Er* sollte doch gebissen werden. Stattdessen zischte Heeps Blut durch die Luft wie die Leuchtspur eines roten Blitzes, während er selbst unblutig und ungebeugt dastand. Als Lord Claren mit Lord Breac näher kam, änderte Faolan schnell seine aufrechte Haltung. Er krümmte den Rücken und sank in die Knie. Doch bevor er sich herumwälzen und den Bauch zeigen konnte, warfen sich beide Lords auf ihn und nagelten ihn mit ihren Vorderpfoten am Boden fest.

Das Gewicht der beiden Wölfe war erdrückend. Erneut wappnete sich Faolan gegen die bevorstehende Misshandlung. Er konnte kaum atmen.

Die beiden Lords verständigten sich im Flüsterton.

„Das ist unmöglich", knurrte Lord Claren.

„Aber genau das ist der Punkt. Er muss sofort zum Carreg-Gaer-Rudel gebracht werden, damit das Oberhaupt mit ihm sprechen kann."

„Aber das Oberhaupt liegt im Sterben! Der *Raghnaid* kann sich später mit diesem Knochenwolf befassen. Es besteht keine Eile."

„Er muss hingehen, solange das Oberhaupt noch am Leben ist."

In Faolan erlosch etwas. Obwohl er von dem Gewicht der beiden Lords wie gelähmt war, brannte die Scham in ihm. Duncan MacDuncan hatte ihn mit

Geduld und Respekt behandelt. Dass er jetzt mit Schande bedeckt vor das Oberhaupt treten sollte, traf ihn schlimmer als jeder Knochenbiss.

Die letzten Worte des Oberhaupts

Das Lager des Carreg-Gaer-Rudels war kleiner, als Faolan erwartet hatte. Es lag zwischen wilden Felsklippen verstreut und ein Bach floss mitten durch. Ein paar übermütige junge Welpen jagten einander durch die Fluten und ihre Hinterpfoten wirbelten Wasser und Schlamm auf.

An den Ufern spielten ältere Wölfe *Bilibu* mit Bachkieseln und Würfelknochen. Es war ein strategisches Spiel, das große geistige Konzentration erforderte. Es wurde von vier Wölfen in Zweier-Teams gespielt. Die Steine mussten zwischen zwei Spielfeldern hin und her bewegt werden, die aus komplizierten, in die Erde geritzten Mustern bestanden. Die Pfade, auf denen die Steine bewegt wurden, waren kunstvoll verschlungen und folgten einem strengen Regelsystem. Faolan hatte oft versucht, sein eigenes Rudel dabei zu beobachten und die Feinheiten der Züge zu durchschauen. Die Spieler redeten kein Wort während des Spiels und die Steine glitten wie von selbst durch die Muster, als würden die Wölfe sie kaum mit den Schnauzen oder Pfoten berühren.

Faolan hatte den Befehl erhalten, vor einem rot gefleckten Felsen zu warten, bis er in die Höhle zum *Raghnaid* gerufen wurde. Sehnsüchtig blickte er zum flimmernden Nachthimmel auf und suchte nach den ersten Anzeichen der neuen Sternbilder, die im Rentiermond erschienen. Er tröstete sich mit dem Gedanken an die vertrauten alten Sternbilder, die in seiner Zeit mit Donnerherz die Nächte erhellt hatten.

Das Wetter erschien ihm in diesem Mond kälter als üblich. Vielleicht würde der Bach, in dem die Welpen spielten, am nächsten Morgen gefroren sein. Doch von den ersten Sternen der Schneemonde war noch nichts zu sehen. *Merkwürdig*, dachte er und hielt nach den anderen Sternbildern Ausschau. Eines davon, das Donnerherz als „Große Klauen" bezeichnet hatte, liebte er ganz besonders. Die Eulen nannten es „Große Krallen", hatte sie ihm erklärt, und die Wölfe „Große Reißzähne". Zu dieser Zeit des Jahres war es jedoch fast verschwunden und würde erst im Frühwinter wiederkehren. Andere Konstellationen stiegen allmählich auf. Das Sternbild des Rentiers würde jetzt immer höher steigen und den Geweihspitzen des Rentiermondes während der frostigen Herbstabende folgen. Bald würden die Gefährtin und das Kalb des

Rentiers durch die Nacht hinter ihm herwandern. Faolan vermisste die Großen Klauen. Ihm gefiel der Wolfsname für das Sternbild nicht. Große Reißzähne – also wirklich! Er dachte dabei an ein geiferndes Maul, an lange Speichelfäden, die am Nachthimmel baumelten wie an Mairies Maul, als sie im *Byrrgis* mitgelaufen war.

Wie zornig diese Wölfin werden konnte! So war er noch nie zusammengestaucht worden. Und es war ganz anders als die üblichen Demütigungen gewesen. Ihr Sabbermaul hatte einfach keine Ruhe gegeben. Obwohl Mairie gar nicht gesabbert hatte, als sie über ihm stand und ihn anbrüllte, das musste er zugeben.

Er wandte den Blick von den Sternen ab und bemerkte eine magere weiße Wölfin. Unverwandt schaute sie ihn an, als sie an dem Felsen vorüberlief, vor dem er wartete. Faolan erstarrte. Er wusste sofort, wer diese Wölfin war – Lael, die neue Obea des Clans. Als Obea war es ihre Aufgabe, missgebildete Welpen in ihrem Geburtsbau aufzuspüren, sie ihren Milchmüttern zu entreißen und zu einem *Tummfraw* zu bringen. Das war der Ort, an dem die *Malcadh* ausgesetzt und ihrem Schicksal – dem fast sicheren Tod – überlassen wurden. Wenn die trächtige Wölfin, die er mit Lord Breac und Lord Claren gesehen hatte, tatsächlich ein *Malcadh* zur Welt brachte, würde Lael es forttragen. Es sei denn, die Mutter stahl sich heimlich davon und versteckte sich mit ihrem Welpen weit weg vom Rudel. Faolan spürte, wie die grünen Augen der weißen Wölfin ihn musterten.

Jetzt kam einer der Welpen zu dem Felsen gelaufen, vor dem Faolan wartete.

„Du bist groß für einen Knochennager", sagte der Kleine. „Ich meine, du bist überhaupt sehr groß für einen Wolf."

„Ja", stimmte ein anderer Welpe zu.

„Er ist größer als mein Papa."

„Größer als mein Papa und meine Mama zusammen", warf ein dritter ein.

„He, warum wälzt er sich nicht vor uns?"

„Aber er ist doch so groß", wisperte ein kleiner rostroter Wolf.

„Na und? Er ist trotzdem ein Knochennager." Der zweite Welpe, eine kleine Wölfin, trat vor. Auch sie war rostrot, vermutlich die Schwester des Kleinen.

„Du musst dich ducken, verstehst du? Sonst kriegst du noch mehr Ärger."

„Ja, ich weiß. Tut mir leid." Faolan sank in die Knie.

„Du redest aber ulkig", sagte die vorwitzige kleine Rostrote.

„Meine Mama sagt, er redet wie ein Bär.“ Ein neuer Welpe war hinzugekommen, um das Schauspiel nicht zu verpassen.

„Meine zweite Milchmutter war eine Grizzlybärin“, erklärte Faolan und verdrehte den Hals, um das Gesicht in den Boden zu pressen. *In Lupus' Namen, warum mache ich das? Ich bin fünfmal so groß wie diese Winzlinge!*

„Eine Bärin! So was Komisches! Wie war das denn?“, fragte der erste Welpe. Der kleine Kerl war einfach neugierig. Er kauerte sich ein wenig nieder, um auf Augenhöhe mit Faolan zu sein.

„Hast du Angst davor, zum *Raghnaid* zu gehen?“, fragte eine kleine graue Wölfin.

„Bist du *cag mag*, oder was? Wer eine Grizzlybärin als Milchmutter hatte, fürchtet sich doch nicht vor dem *Raghnaid*“, sagte der neugierige Rostrote, der immer noch am Boden kauerte.

Aber das war ein Irrtum. Faolans Magen krampfte sich zusammen vor Angst. Nur fürchtete er weniger den *Raghnaid* als die Schande, vor Duncan MacDuncan treten zu müssen.

Die kleine Welpenschar langweilte sich bald und purzelte davon, um sich auf einem kahlen Erdfleck zu balgen. Zwei neue Welpen waren aus dem Bau ihrer Eltern geschlüpft und wollten sich ins Gewühle stürzen. Doch im nächsten Moment schossen ihre Mütter heraus, versetzten ihnen einen Hieb, dass sie in die Luft flogen, und knurrten sie an. Kleinlaut folgten ihnen die Welpen in den Bau zurück.

Plötzlich fiel ein Mondstrahl herab und riss eine andere Wölfin mit ihren zwei Jungen aus dem Dunkel. Ihr Fell war silbergrau, fast wie das von Faolan, und der Anblick gab ihm einen Stich ins Herz. Unwillkürlich stellte er sich vor, wie sein Leben wohl verlaufen wäre, wenn er mit vier gesunden Pfoten auf die Welt gekommen wäre. Wenn er eine Wolfsmutter, einen Wolfsvater und Wolfsgeschwister gehabt hätte, die mit ihm im Mondlicht gespielt, ihn geknufft, mit ihm geschimpft und ihn in einen gemütlichen Familienbau zurückgescheucht hätten.

Dann kam ein hochrangiger Wolf auf ihn zu und riss ihn aus seinen Gedanken. Stöhnend sank Faolan wieder in die Knie, aber er wollte sein Gesicht nicht in die Erde pressen. Stattdessen wälzte er sich auf die andere Seite und blickte zu den Sternen auf. Ein paar wirbelnde Wolken verdeckten den Mond. Die Wolken glitten rasch weiter, doch eine Sekunde lang sahen sie wie die spiralförmigen Linien an Faolans Fußpolster aus. Warum war der gelbe Wolf vor dieser Zeichnung so zurückgeschreckt? Heep hatte ihn nicht gebissen, weil er sich gefürchtet hatte. Ganz anders als Faolan, dem diese Linien seltsam tröstlich erschienen waren, als er sie zum ersten Mal bemerkt hatte.

„Hoch mit dir, Knochennager", knurrte der Wolf, der wohl einer der Rudelältesten war. „Duncan MacDuncan ist jetzt bereit, dich zu empfangen. Und wehe, du zeigst ihm nicht die gebührende Achtung und den Gehorsam, den du ihm schuldest. Unser Oberhaupt liegt im Sterben. Umso wichtiger ist es, die Unterwerfungsrituale hochzuhalten. Also, keine Unverschämtheiten, wie du sie beim *Byrrgis* an den Tag gelegt hast, Hundesohn. Bist du bereit?"

„Ja", sagte Faolan fügsam und stand auf, um dem Rudelältesten zu folgen. Er hielt den Schwanz sorgfältig eingeklemmt und legte die Ohren flach an den Kopf, obwohl er schrecklichen Juckreiz davon bekam.

Die Höhle des Oberhaupts war riesig und in der Mitte klaffte eine Grube, in der ein Feuer brannte. An den Wänden hingen geschabte Häute sowie eine Reihe von Geweihen und Hörnern, die alle mit kunstvollen Schnitzereien verziert waren und von Hirschen, Rentieren und Moschusochsen stammten. Faolan hielt die Augen gesenkt, doch sein Blick wurde immer wieder von den Flammen angezogen.

Die Clanältesten, die den *Raghnaid* abhielten, trugen ihren zeremoniellen Kopf- und Halsschmuck aus geschnitzten Knochen. In der Höhle war es totenstill.

Nur das Knacken und Knistern des Feuers drang an Faolans Ohren. Lange Zeit fiel kein Wort. Aber als Faolan aufblickte, sah er etwas, das er nicht in den Augen dieser Wölfe erwartet hatte – Angst. Glaubten die im Ernst, dass er die Mondfäule hatte?

Das greise Oberhaupt Duncan MacDuncan ruhte auf dem Fell eines Elchbullen. MacDuncans Fellhaar war einst dunkelgrau gewesen, mit den Jahren jedoch fast weiß geworden. Die kahlen Stellen an den Schultern waren mit Narben aus längst vergangenen Kämpfen bedeckt und seine Augen schimmerten milchig grün. Faolan musste dabei an die Wildbäche denken, die von den Gletschern im Hochland herabstürzten. In einem von MacDuncans Ohren klaffte ein Riss – wahrscheinlich war es von einem Puma zerfetzt worden.

Hinter dem greisen Oberhaupt ragten zwei Rentier-Geweihstangen aus dem Dunkel der Höhle – die größten, die Faolan je gesehen hatte. An MacDuncans Seite ruhte mit hoch erhobenem Kopf eine vornehme Wölfin. Das war Cathmor, seine Gefährtin. Ihr dunkelgraues Fell wirkte fast schwarz und ihre Augen schimmerten in einem herrlichen Grünton. Die Farbe erinnerte Faolan an die bemoosten Felsen in dem Bach, in dem er mit Donnerherz einen Sommer lang gefischt hatte – ihrem einzigen gemeinsamen Sommer.

„Bringt ihn zu mir", keuchte das Oberhaupt.

Der Wolf, der Faolan hergeleitet hatte, versetzte ihm einen groben Stoß. Faolan ging in die Knie, um auf dem Bauch zum Oberhaupt zu kriechen, wie es die Regeln vorschrieben. Der Anblick des edlen alten Wolfs erschreckte ihn. Duncan MacDuncan sah so gebrechlich aus, als könne ihn der leiseste Windhauch umblasen.

„Das ist nahe genug", knurrte der Rudelälteste nach ein paar Sekunden.

„Nein! Komm noch näher!", keuchte Duncan MacDuncan.

Als Faolan den Rand des Elchfells erreicht hatte, verdrehte er den Hals und presste das Gesicht in den Boden. Aus dem Augenwinkel erhaschte er einen Blick auf das Feuer. Sein Nackenfell sträubte sich, legte sich aber schnell wieder, und eine seltsame Ruhe erfüllte ihn.

Duncan MacDuncan regte sich ein wenig auf seinem Fell. „Ganz ruhig, mein Lieber", wisperte Cathmor und legte eine Pfote auf die Flanke des Oberhaupts.

Was hat dieser Junge in den Flammen gesehen?, fragte sich Duncan MacDuncan. *Vielleicht, dass der erste Schnee noch vor den Schneemonden fallen wird? Und dass das Eis in diesem Frühjahr nicht bersten wird, ehe der Mond der Singenden Gräser ins Land zieht? Kehrt etwa die Zeit der Großen Kälte zurück?*

Wenn Faolan den Feuerblick hat, ist er in der Tat ein besonderer Wolf, dachte das Oberhaupt, *und ein Künder kommenden Unheils.* MacDuncan schüttelte den Kopf, um die finsteren Gedanken daraus zu verbannen. Noch hatte er eine letzte Pflicht zu erfüllen. Als oberster Anführer des Clans und Großmeister des *Raghnaid* eröffnete er die Verhandlung.

„Faolan, Knochennager des MacDuncan-Clans, der *Raghnaid* ist zusammengekommen, um über dein Verhalten beim letzten *Byrrgis* zu befinden. Es besteht kein Zweifel daran, dass du unsere Gesetze missachtet hast. Vor nunmehr fast eintausend Jahren, als unsere Vorfahren vom ersten Fengo in die Hinterlande geführt wurden, haben wir Gesetze, Bräuche und Vorschriften in unseren Clan gepflanzt, so dicht und unverrückbar wie die Wälder, aus denen wir gekommen sind. Wir waren überzeugt, dass ein Land ohne Gesetze gefährlicher ist als ein Land ohne Bäume. Edle, würdige Wölfe könnten ohne diese Gesetze den Winden, die durch das Land fegen, nicht standhalten."

Das Oberhaupt wandte sich nun an Lord Adair, den zweitobersten Lord des *Raghnaid*, und rief: „Verlest die Anklage."

Lord Adair trat mit einem Knochen vor und begann zu lesen: „Folgendes wurde von dem Knochennager Heep aus dem Flussrudel des MacDuncan-Clans berichtet: Am Morgen nach der fünfzehnten Nacht des Rentiermondes sammelte sich ein *Byrrgis* auf der Senge, um einen Elchbullen zur Strecke zu bringen. Im ersten Viertel der Jagd erfüllte der Knochennager Faolan getreulich seine Pflichten, die darin bestanden, die Losung der Beute zu beschnüffeln und darüber zu berichten."

Das kannst du laut sagen, dachte Faolan, als stünde Heep leibhaftig vor ihm und läse den Knochen selbst vor. *Nur hast du zu erwähnen vergessen, dass du in deiner bodenlosen Dummheit unbedingt an meiner Stelle hingehen und Bericht erstatten wolltest, obwohl deine Nase staubtrocken und ohne einen Hauch von Elchkot war!*

„Ich selbst versah in aller Bescheidenheit und Demut meinen Dienst an der Westflanke, die für meine niedrige Herkunft viel zu großartig ist. Ich untersuchte Urinlachen des Elchbullen und konnte nach bestem Wissen und Gewissen bestätigen, dass das Tier gesund war. Erst als der Presspfotenlauf in den Angriff überging, bemerkte ich eine Störung, die sich durch den ganzen *Byrrgis* zog und bis zu meiner niedrigen Position als Fährtenputzer am hintersten Ende vordrang. Als ich aufblickte, sah ich, wie der Knochennager Faolan durch den *Byrrgis* schoss und schließlich ausscherte, um eine edle junge Außenflankerin namens Mairie zu überholen. Diese war wegen ihrer herausragenden Fähigkeiten vom Carreg-Gaer-Rudel des MacDuncan-Clans zum *Byrrgis* abkommandiert worden. Sobald nun der Knochennager Faolan Mairie überholt hatte, brach das Chaos aus und zerstörte den *Hwlyn* des *Byrrgis*."

Die Mitglieder des *Raghnaid* sogen scharf die Luft ein. *Hwlyn* war das Wolfswort für „Rudelgeist". Entsetzensrufe wurden in der Höhle laut. Viele Wölfe, die ihre Schwänze gerade noch locker hatten herunterhängen lassen, klemmten sie jetzt ein, so wie Faolan. Nur war es bei ihnen kein Zeichen der Unterwerfung, sondern die nackte Angst.

„Fahrt fort", befahl Duncan MacDuncan ruhig.

Lord Adair las weiter und endete mit der Schilderung, wie Faolan auf die Hinterbeine gegangen und der verstörte Elchbulle herumgewirbelt war, um den *Byrrgis* anzugreifen. „Auf diese Weise hat der Knochennager Faolan den Rudelgeist *gekliebt*", beendete er den Bericht.

„Wurde einer der Wölfe von dem Elchbullen getötet oder verletzt?", fragte MacDuncan. Seine Stimme klang jetzt wieder kräftiger.

„Nein, Herr", erwiderte Lord Adair.

„In diesem Fall wurde der Ausdruck ‚gekliebt' wohl etwas leichtfertig gebraucht."

Wieder lief ein Schaudern durch die Menge. Wie konnte ein alter Wolf, der dem Tod so nahe war, seelenruhig das Wort „klieben" aussprechen, das in der Wolfssprache nicht nur „zerschlagen", sondern auch „kaltmachen" bedeutete. Das war unheimlich, zumindest den anderen Geschworenen, auch wenn das Oberhaupt sich offenbar nichts daraus machte.

„Wie ist noch mal der Name des Knochennagers, der den Knochen geschnitzt hat?"

„Heep, Herr."

„Ah, Heep ... Dieser Wolf, der sich vor Unterwürfigkeit kaum zu fassen weiß. Bringt mir den Knochen, ich will ihn näher in Augenschein nehmen."

Lord Adair trat vor und ließ den Knochen fallen. Er landete in dem dicken Fell des Elchbullen, nur wenige Zentimeter von Faolans Schnauze entfernt. Faolan hatte schon andere Schnitzknochen von Heep gesehen. Wie immer fielen ihm sofort die feinen Kerben auf, die Heeps missgebildeter Zahn hinterlassen hatte. Entweder war diese Zahnzacke schlimmer geworden oder Heep hatte schlampiger gearbeitet als sonst, denn diesmal zeichneten sich die Spuren ganz deutlich auf dem Knochen ab.

„Nun, was sagst du dazu, mein Junge?“ MacDuncans Atem war heiß und roch leicht faulig. Es war der Atem eines kranken Wolfs. Er redete leise und klopfte mit dem Schwanz auf den Boden, ein Zeichen für die anderen, sich zu entfernen. Er wollte ein Gespräch unter vier Augen mit Faolan.

„Ich? Was *ich* dazu sage?“, wiederholte Faolan und ließ wachsam ein Ohr vorschnellen. Sein Schwanz ging ein winziges bisschen in die Höhe. Noch nie hatte ihn jemand nach seiner Meinung gefragt, seit er in die Hinterlande gekommen war.

„Ja, du. Was hältst du von dem Schnitzknochen?“

Faolan blickte zum Oberhaupt auf. MacDuncans trübe grüne Augen schimmerten über seinem zottigen, ungepflegten Schnauzbart. Nur Clan-Oberhäupter und Mitglieder der Garde durften einen solchen Bartzopf tragen. „Ähm, also ich muss zugeben, dass jeder Ritzer, jedes Zeichen, das der Knochennager Heep geschnitzt hat, der Wahrheit entspricht“, stotterte Faolan. „Ich habe gegen die Ordnung verstoßen. Es tut mir unendlich leid.“

„Oh, das weiß ich. Und ich freue mich zu hören, dass du deine Tat bereust. Aber was hältst du von seiner Arbeit, von der handwerklichen Seite?“

Faolan erschrak. Er hob den Blick und schaute in die trüben Augen des alten Wolfs. War das ernst gemeint? Durfte ein niedriger Knochennager wie er tatsächlich seine Meinung äußern, noch dazu über das Werk eines anderen Knochennagers?

„Ich … ich …“, stotterte Faolan.

„Und verschone mich in Lupus’ Namen mit dem Wort ‚niedrig‘ oder ‚bescheiden‘. Sag mir einfach, was du denkst, mein Sohn.“

„Ich finde nicht, dass es eine gute Arbeit ist, Herr. Heep nagt zu tief in den Knochen, sodass alle Linien die gleiche Tiefe und die gleiche Breite haben.“

„Hmmmmm“, brummte MacDuncan. Er seufzte und bekam einen Hustenanfall, der seinen ganzen Körper durchrüttelte. Cathmor lief zu ihm, leckte ihm die Schnauze und strich ihm mit der Pfote beruhigend über das Fell.

„Was soll ich jetzt mit dir machen, Faolan?“, wisperte das Oberhaupt schließlich heiser.

„Ich weiß es nicht, Herr. Ich bin kein sehr guter Knochennager.“

„Nein! Nein! Das ist nicht das Problem … ganz im Gegenteil. Du bist ein vermaleflixt guter Knochennager.“

Faolan konnte nur raten, was „vermaleflixt“ bedeutete. Vermutlich war es eines der harmloseren Schimpfwörter, die die Wölfe mit den Eulen teilten, denn Gwynneth hatte es auch ein paarmal benutzt.

„Aber du bist ein jämmerlicher Rudelwolf. Du verstehst es einfach nicht, oder? Dieses ganze Rudel- und Clangeschäft."

„Nein, wahrscheinlich nicht."

„Wahrscheinlich nicht? Das ist gut gesagt. Nichts verstehst du, mein Sohn, gar nichts. Oder zweifelst du etwa noch daran?"

„Heißt das, dass ich fortmuss?"

„Warum?"

„Weil ich wohl nie ein guter Rudelwolf sein werde. Ich bin nun mal ein Einzelgänger."

„Und damit willst du dich herausreden? Aber hier habe immer noch ich das Sagen!" Duncan MacDuncan brüllte jetzt. Es war, als fegte ein Windstoß durch die Höhle, der den anwesenden Wölfen das Nackenfell sträubte – jedes einzelne Härchen richtete sich auf. In heiserem Flüsterton fuhr MacDuncan fort: „Weißt du, was ein *Gaddernag* ist, Faolan?"

Faolan schüttelte den Kopf.

„Nein, wie solltest du auch. Wir hatten seit Jahren keinen mehr. Ein *Gaddernag* ist ein Wettkampf, bei dem ein neuer Knochennager – der beste von allen – für die Vulkangarde ausgewählt wird. Die Anforderungen sind hoch. Nur ein einziger Wolf wird in die Garde gewählt, in seltenen Fällen auch zwei, aber niemals zwei aus demselben Clan. Für dich und Heep wird es dadurch noch schwieriger.“ Duncan MacDuncan hielt inne. „Du hast es in dir, Faolan.“

Er fasste Faolan scharf ins Auge, als wollte er den Wolf heraufbeschwören, der vielleicht in seinem Inneren schlummerte. Als könnte er in Faolans tiefgrünen Augen das Spiegelbild eines wandernden Wolfs aus einer anderen Zeit erkennen. „Du hast das Zeug, in die Garde gewählt zu werden. Deine Zähne sind prächtig und du besitzt Stärke. Nur leider fehlt es dir an Vernunft. Aber der *Gaddernag* könnte deine Chance sein, Faolan!“

MacDuncan erhob sich wankend und wedelte dreimal mit dem Schwanz, um die anderen Wölfe wieder zu sich zu rufen.

„Der Schnitzknochen wurde verlesen. Er beweist zweifelsfrei, dass der Knochennager Faolan sich eines schweren Verstoßes gegen die *Byrrgnock*-Regeln des *Byrrgis* schuldig gemacht hat. Er hat die Ordnung in Frage gestellt. Er gibt zu, dass er schuldig ist, und bereut sein Verhalten zutiefst. Nach unserem Gespräch unter vier Augen bin ich guten Mutes. Faolan weiß in seinem tiefsten Inneren, dass mehr in ihm steckt. Er weiß, dass er ein guter Clanwolf werden kann, wenn er sich Mühe gibt.“

Von welchem Gespräch redet er?, wunderte sich Faolan. *Als ob ich das je gesagt hätte!*

„Aus diesem Grund", fuhr das Oberhaupt fort, „berufe ich mich auf das Vorrecht des Künders, wie es uns aus der Zeit des Eismarsches überliefert ist. Vernehmt also, dass Faolan im Osthangrudel verbleibt und dort seine niedrige Position als Knochennager wieder einnimmt. Um seinen Fehler wiedergutzumachen, wird er bei allen Außenflankerinnen sämtlicher Rudel des MacDuncan-Clans Abbitte leisten. Er wird den Läuferinnen den von Heep benagten Knochen bringen und die Unterwerfungsrituale dritten Grades ausführen, gemäß Abschnitt zweiunddreißig der *Gaddernock*-Gesetze. Er wird einen Knochen der Zerknirschung schnitzen und den Außenflankerinnen des Rudels zur Aufbewahrung überlassen. Nur so wird ihm verziehen werden."

Duncan hielt inne. Er konnte sich vor Erschöpfung kaum noch auf den Beinen halten und seine Brust wogte vom vielen Reden. Cathmor berührte besorgt seine Flanke. „Bitte, mein Lieber, ruh dich jetzt aus."

MacDuncan knurrte. „Ausruhen! Dafür bleibt mir noch die ganze Ewigkeit. Ich habe noch eine wichtige Ankündigung zu machen. Finbar, der Fengo der Vulkangarde, hat mir eine Botschaft gesandt. Wir haben gemeinsam beschlossen, einen neuen *Gaddernag* abzuhalten."

Aufgeregtes Gemurmel stieg aus der Versammlung

auf. Die Wölfe spitzten die Ohren und wedelten mit den Schwänzen. Es war Jahre her, seit der letzte *Gaddernag* – der letzte Wettkampf der Knochennager – stattgefunden hatte.

„Alle Clans werden im Mond der Singenden Gräser zusammenkommen. Das ist die Weisung, die ich, Duncan MacDuncan, Oberhaupt des MacDuncan-Clans, euch hiermit verkünde."

Und lasst uns hoffen, seufzte MacDuncan im Stillen, *dass die Gräser tatsächlich singen werden und nicht im gefrorenen Boden stecken bleiben*. Die Augen des Oberhaupts trübten sich noch mehr. Ein unheilvolles Rasseln erschütterte seinen gebrechlichen Körper. Zu Tode erschöpft sank er auf sein Lager zurück.

In der Höhle wurde es still. Nur selten berief sich ein Oberhaupt auf das Vorrecht des Künders. Duncan MacDuncan hatte es soeben getan und das Wort des sterbenden Oberhaupts wog schwer.

Als Faolan weggeführt wurde, warf er einen letzten Blick ins Feuer. Täuschte er sich oder hatte er tatsächlich ein vertrautes Muster in den Flammen wahrgenommen? Einen Wirbel aus leuchtendem Orange und Gelb, der dicht über dem Glutbett waberte?

Ich sehe sie. Es ist die Spirale, die ich an meiner Pfote trage. Beim Mark meiner Knochen, ich sehe sie im Feuer der Streunerburg!

Mairies Bau

Mairie huschte den kurzen, steilen Gang in ihren Bau hinunter. Nur gut, dass sie diese Zuflucht hatte. Seit ihre Mutter Caila vor vier Monaten einen neuen Wurf zur Welt gebracht hatte, war der Familienbau viel zu eng geworden. Mairie und ihre Schwester Dearlea teilten sich die Höhle. Immer wenn eine von ihnen das Gewusel im Familienbau nicht mehr aushielt, zog sie sich hierher zurück, während die andere auf die Kleinen aufpasste.

Die Welpen waren jetzt im schwierigsten Alter. Groß genug, um sich in Gefahr zu bringen, aber zu klein, um sich allein daraus zu retten. Wie alle Welpen wurden sie von dem blendend weißen Licht angelockt, das in den Höhleneingang flutete. In ihren Augen war es eine weiße Wand, denn sie kannten ja noch kein Tageslicht. *War ich in dem Alter genauso?*, fragte Mairie sich manchmal. Aber sie konnte sich kaum daran erinnern.

Caila hatte einen Geburtsbau mit einem besonders

langen Gang ausgewählt. „Ich will sie möglichst lange vom Licht fernhalten", hatte sie ihrem Gefährten Eric erklärt. „Ich kann ihnen nicht nachlaufen, wenn sie hinausrennen, was sie ja immer machen, sobald die Milchzähne durchkommen."

Caila behielt Recht: Kaum waren die Milchzähne da, brach das Chaos im Bau aus. Kein Wunder bei sechs putzmunteren Welpen. Aber am schlimmsten war das Gekläffe. Die Rufe von Wolfswelpen hatten nichts mit dem melodischen Heulen erwachsener Wölfe gemeinsam. In den ersten sechs Monaten heulten sie nicht, sie bellten – ein kurzes, scharfes Kläffen, das wie das Krachen von schweren Felstrümmern klang. Mairie dachte an das Erdbeben im vorigen Winter, das im ersten Moment wie ein Pulk Zehntausender übermütiger Welpen geklungen hatte, die japsend und kläffend aus ihrem Geburtsbau stürmten. Und dann das jämmerliche Winseln, wenn die Kleinen bettelten. Es war nicht so laut wie das Bellen, aber nervtötend schrill.

In solchen Momenten fragte sich Mairie, ob sie je eine gute Mutter sein würde. Wie hielt ihre Mama das nur aus? Aber Caila ertrug es. Wer hätte gedacht, dass sie in ihrem fortgeschrittenen Alter noch sechs lebhafte Welpen zur Welt bringen würde? Und kein einziges *Malcadh* darunter.

Aber die Welpen waren im Augenblick Mairies geringste Sorge. Sie hatte sich in ihre Höhle geflüchtet, weil sie vor Wut und Enttäuschung weder ein noch aus wusste. Dieser elende Knochennager hatte ihr alles verdorben. Ihr Herz zog sich zusammen, wenn sie an die enttäuschten Blicke der anderen Außenflankerinnen des MacDuncan-Clans dachte, als sie zurückgekommen war. An die Wölfinnen, die sie zu diesem *Byrrgis* geschickt hatten. Alastrine, die Spitzenwölfin, hatte Mairie zu trösten versucht und in ihrer fremdartigen, melodischen Sprache mit ihr geredet. Denn Alastrine war nicht nur eine gute Läuferin, sondern zugleich die *Skrielin*, die Vorheulerin des Rudels. Alastrine liebte die alten Wolfsworte, die noch aus der Zeit des Eismarsches vor Tausenden von Jahren stammten. „Mein liebes Herz, du musst nicht knurmen."

„Knurmen" war ein alter Ausdruck für „grämen", ein ziemlich verstaubtes Wort. „Du bist noch so jung, Mairie. Jünger, als ich es bei meinem ersten Lauf als Außenflankerin in einem *Byrrgis* war. Morgen ist auch noch ein Tag und der bringt eine neue Jagd, einen neuen *Byrrgis*. Hab nur Geduld, mein Herz."

Aber Mairie konnte an nichts anderes mehr denken. „Alles hat er verpatzt, dieser elende Knochennager! Dieses sabbernde, hasenherzige Stück Maulwurfsdreck", schimpfte sie in ihrem dunklen Bau vor sich hin. In ihrer Wut kramte sie die schlimmsten Wolfsflüche hervor, die ihr nur einfielen. Schimpfwörter, die sie nicht laut sagen durfte, ohne von ihrer Mutter einen scharfen Knuff dafür zu ernten. Schaudernd stellte sie sich vor, wie Caila sie an der Schnauze packen und durch die ganze Höhle schleudern würde.

Aber das Problem war nicht nur, dass Faolan sie um ihren ersten Lauf als Außenflankerin gebracht hatte. Nein, da war noch mehr. Etwas, das Mairie zutiefst verwirrte und wütend machte. Wütend auf sich selbst, nicht nur auf den Knochennager. Was hatte dieser Wolf nur an sich, dass er ihr unters Fell gekrochen war wie eine Sommerzecke? Ihre Nackenhaare sträubten sich fast wie bei ihren kleinen Geschwistern. Und warum weckte er dieselben Beschützerinstinkte in ihr? Er war doch kein Welpe, verflixt noch mal. Gleichzeitig wäre sie am liebsten wie der Zorn von Lupus über ihn hergefallen, um ihm die Knochen zu Brei zu schlagen …

Die Pfote der Grizzlybärin

Nachdem der *Raghnaid* ihn entlassen hatte, machte sich Faolan unverzüglich auf den Weg. Lord Adair hatte ihn bis zur äußersten Grenze des Carreg-Gaer-Gebiets gebracht und ihm den Weg zu den anderen Rudeln des MacDuncan-Clans gewiesen. Außerdem hatte er ihm die Zerknirschungsrituale erklärt. Faolan hörte sich alles an, aber sein Geist war mit anderen Dingen beschäftigt. Die Worte des Oberhaupts hallten ihm in den Ohren wider.

Weißt du, was ein Gaddernag *ist? Ein Wettbewerb, bei dem ein neuer Knochennager – der beste von allen – für die Vulkangarde ausgewählt wird … Du hast es in dir, Faolan. Du hast das Zeug, in die Garde gewählt zu werden. Deine Zähne sind prächtig und du besitzt Stärke. Nur leider fehlt es dir an Vernunft. Aber der* Gaddernag *könnte deine Chance sein, Faolan!*

Jeder andere hochrangige Wolf hätte Faolan in einem solchen Fall mit einem scharfen Hieb auf die Schnauze fortgejagt. Aber Lord Adair nicht. Der

Schlag, den er Faolan verpasste, war unerwartet sanft – halb Tätscheln, halb Knuffen. Ja, eigentlich ging sein Hieb ins Leere, weil Lord Adair es nicht über sich brachte, Faolan ins Gesicht zu blicken. *Er sieht die Mondfäule in mir*, dachte Faolan. *Nur das Oberhaupt hat etwas anderes in mir gesehen.*

„Pack dich, Knochennager!", fauchte Lord Adair. „Und lerne aus deiner Schande! Wälze dich im Geruch deiner Nichtswürdigkeit und vergiss alle Träume vom *Gaddernag*. Du hast keine Chance. Denn während du auf dem Pfad der Schande wandelst, wie du es verdienst, beginnen die anderen Knochennager mit ihren Vorbereitungen." Er hielt kurz inne und fügte schadenfroh hinzu: „Du wirst den Wettkampf versäumen."

Und so brach Faolan stillschweigend im Dunkeln auf – mit dem Knochen der Schande im Maul.

In der tiefsten, dunkelsten Nachtstunde erscheint die Welt wie leer gefegt. Es ist, als klaffte ein gewaltiges Loch am Himmel, wenn der Mond in andere Welten verschwindet, wenn die Sternbilder in fremde Hinterlande davonschlüpfen und die letzten winzigen Lichtfünkchen mit sich nehmen. Die Nacht wird schwarz und tot, bis sich der erste schwache Schimmer der Morgendämmerung am Horizont zeigt.

Faolan war noch nicht sehr weit gekommen, als Alastrines Heulen die Stille zerriss. Wie angewurzelt blieb er stehen. Es war so weit – das Oberhaupt war gestorben. Ein Schauder durchrieselte ihn von seinem gesträubten Nackenfall bis zum Schwanz hinunter, der noch immer fest zwischen seinen Beinen klemmte. Zum ersten Mal seit Faolan sich dem Clan angeschlossen hatte, war seine Unterwerfungshaltung echt.

Bald mischte sich Cathmors dünne Stimme in das Heulen der *Skrielin*. Die Wölfin trauerte um ihren Gefährten. Welch ein Unglück, dass er gerade jetzt sterben musste, zu einer Zeit, da keine Spur der Sternenleiter zur Höhle der Seelen zu sehen war. So nannten die Wölfe die Himmelskonstellation, deren Sterne bereits im Westen untergegangen waren. In ein paar Nächten würde sie ganz verschwinden – bis zum Ende der drei langen Wintermonde, die bald anbrachen. Für die wenigen Nächte, die noch blieben, heulte Cathmor ihren Dank ins Dunkel hinaus. Wäre es bereits Winter gewesen, hätte MacDuncans Seele bis zum nächsten Frühjahr warten müssen, um die Sternenleiter zu erklimmen und in die Höhle der Seelen zu gelangen.

Die Tonhöhe der *Skrielin* veränderte sich. Jetzt rief sie alle MacDuncan-Rudel zusammen, forderte sie auf, in den äußersten Westen zu ziehen, wo die Nacht noch jung war. Im dreifach verstärkten Presspfotenlauf sollten die Wölfe dorthin eilen, um die Sternenleiter einzuholen. Während der folgenden drei Nächte sollten sie die *Morriah* heulen, die Totenklage für ihr verstorbenes Oberhaupt. Faolans Bußgang zu allen MacDuncan-Rudeln und die Zerknirschungsrituale, die er auszuführen hatte, waren daher fürs Erste aufgehoben. Dabei wollte er das alles so schnell wie möglich hinter sich bringen. Aber Duncan MacDuncan war der einzige Wolf gewesen, den Faolan aufrichtig bewundert hatte. Tief in seinem Herzen spürte er eine Zuneigung, wie er sie nur für Donnerherz empfunden hatte.

Donnerherz! Der Name explodierte wie ein Stern in Faolans Kopf. Seit er beim MacDuncan-Clan war, hatte er ihr Grab nicht mehr besucht. Plötzlich sehnte er sich danach, den Knochen der Pfote zu berühren, die ihn einst behütet hatte. Zumindest wollte er in der Nähe dieser Pfote sein – das allein wäre ihm Trost genug.

Abrupt schwenkte er nach Süden ab und hielt auf den Fluss zu, aus dem Donnerherz ihn gerettet hatte. Das Wort „fao" bedeutete zugleich „Fluss" und „Wolf", hatte sie ihm erklärt. „Lan" bedeutete „Geschenk". Und weil sie ihn aus den tosenden Stromschnellen gefischt hatte, war er in ihren Augen ein

Geschenk, das der Fluss ihr gemacht hatte. Donnerherz hatte damals gerade ihr eigenes Junges verloren – ein Puma hatte es ihr genommen. Ihr Milchfluss war noch nicht versiegt und so wurde die Grizzlybärin Faolans zweite Milchmutter. Als Donnerherz gestorben war und Faolan ihre Überreste fand, hatte er den größten Knochen aus ihrer Pfote an sich genommen. In diesen Knochen hatte er die Geschichte jenes goldenen Sommers geschnitzt, den sie zusammen verbracht hatten. Er erzählte, wie sie hinter den Forellenschwärmen herschwammen und in den Stromschnellen standen, wenn die Lachse sprangen. Und wie sie die fetten Fische mühelos aus dem tosenden Wasser schöpften. Auch das erste Rentier, das sie erbeutet hatten, der Sommerbau und der Winterbau waren darin verewigt. Dann hatte Faolan den Knochen unter einem Felsüberhang auf einem hohen Bergrücken in der Nähe der Salzseen begraben. Es war ein guter Ort, weit genug von allen Wolfsrudeln entfernt, denn er wollte nicht, dass andere Wölfe den Knochen sahen. Es war seine Geschichte, seine Erinnerungen, die ihm heilig waren. Die Rudelwölfe hatten Regeln und Gesetze. Das hier war Faolans Gesetz. Und im tiefsten Mark seiner Knochen wusste er, dass er das Richtige getan hatte.

Als er den Felsüberhang erreichte, zeigte sich gerade der erste schmale rote Lichtstreifen am Horizont. Die Sonne stieg höher, verblasste zu Rosa und verschwamm im strahlend blauen Morgenhimmel. Faolan brauchte nicht lange, um den Knochen zu finden. Sobald er hörte, wie die Klauen seiner Hinterpfote gegen den Knochen klickten, nahm er die Zähne zurück und grub behutsam mit dem Maul weiter. Schließlich hob er den Knochen mit der Zunge aus der Erde und leckte den Staub ab. Seine Augen füllten sich mit Tränen, als er die Zeichen auf dem Knochen sah, die die Geschichte seines ersten Lebensjahres erzählten. Er blickte von Donnerherz' Pfote zu dem Knochen der Schande, den Heep geschnitzt hatte. Am liebsten hätte er den abscheulichen Knochen in die tiefste Stelle des Flusses geschleudert. Oder ins Feuer oder besser noch direkt in die Dunkelwelt. Aber dann breitete sich ein tiefer Frieden in ihm aus, als hätte eine Geisterpfote das Fell unter seinem Kiefer gestreichelt, die Stelle, an der ein Wolf am empfindlichsten ist.

Faolan leckte den Pfotenknochen blitzsauber und betrachtete ihn. Makellos hoben sich die fein geschnitzten Linien gegen das Weiß des Knochens ab. Einen Augenblick schien es ihm, als sei er aus seinem Körper, aus seinem Fell geschlüpft und schwebe jetzt in der Luft. Er sah sich selbst, wie er hinter Donnerherz herschwamm, um zu fischen. Dann sah er einen winzigen Welpen, der nach Wurzeln und Knollen graben sollte. Stattdessen schnüffelte der kleine Frechdachs an einem schmutzigen Sandhügel herum. Ehe er sichs versah, hatte er ein Ameisennest freigelegt und jaulte sich das Herz aus dem Leib. Donnerherz stürzte zu ihm und schabte ihm mit ihrer rauen Zunge die bösen Ameisen aus dem Fell. Wie gern würde er sich jetzt von wütenden Ameisen beißen lassen, nur um bei Donnerherz zu sein, ihre raue Zunge zu spüren und ihrem gewaltigen Herzschlag zu lauschen.

Oh Donnerherz, du fehlst mir so sehr,
mir fehlt dein großes, dröhnendes Herz.
Oh Donnerherz, du wirst immer bei mir sein,
auch wenn du hinter dem Fluss
im Sternbild des Großen Bären wohnst.
Wenn meine Zeit kommt, Donnerherz,
werde ich dich suchen.
In einer fernen Nacht,
im Himmel von Wolf und Bär
sehen wir uns wieder.
Ich werde dich finden, Donnerherz,
wohin du auch wanderst.
Dein Welpe, dein Bärenjunges
auf ewig.

Er sang für Donnerherz, aber er dachte die ganze Zeit an Duncan MacDuncan. An den Wolf, der ihm gesagt hatte, ihm fehle es an Vernunft, aber er habe die Chance, ein besserer Wolf zu werden.

Fern von dem Ort, an dem der einsame Wolf um seine zweite Milchmutter trauerte, brach jetzt die Nacht herein. Cathmor, die Gefährtin des toten Oberhaupts, heulte ihren Schmerz in den Nordwind. In dieser zweiten Nacht der *Morriah* bemerkte sie einen leuchtenden grauen Nebel ganz oben an der Sternenleiter des Geisterpfads, der zur Höhle der Seelen führte.

„Die *Lochin! Lochin!*“, rief sie. Im tiefsten Herzen wusste sie, dass zwischen ihr und dem leuchtenden Geist ihres Gefährten fortan ein Abgrund klaffte, so tief wie das Meer und so breit wie der Weg von der Erde zu den Sternen. Trotzdem würde sie Abend für Abend nach diesem Nebel Ausschau halten, wenn im weißen Mondlicht die schillernden Tautropfen herabrieselten. Als *Lochin* lebten die Geister der Toten in den Herzen ihrer Lieben weiter. Und diese erschauerten bis ins Mark, um schließlich, wenn die Zeit gekommen war, ihrerseits die Sternenleiter zur Höhle der Seele zu erklimmen.

Der Pfad der Schande

Der MacDuncan-Clan bestand aus fünf Rudeln. Faolan hatte das Zerknirschungsritual bereits beim Carreg-Gaer-Rudel vor den drei Außenflankerinnen Elpeth, Stellana und Mairie ausgeführt. Jetzt musste er noch drei weitere Rudel mit dem Knochen der Schande aufsuchen. Erst dann konnte er in sein eigenes Rudel zurückkehren. Diese drei Rudel waren das Flussrudel, das Blaufelsrudel und das Feuergrasrudel. Das Revier des Blaufelsrudels grenzte direkt an das Gebiet der MacDuff. Es lag einen ganzen Tagesmarsch im halben Presspfotengang von seinem jetzigen Aufenthaltsort entfernt. Wenn er am nächsten Tag in aller Frühe aufbrach, konnte er von dort aus nach Westen zum Flussrudel weiterreisen. Er wollte diese Tortur so schnell wie möglich hinter sich bringen. Schon wegen Heep, der vor Schadenfreude fast platzen würde, wenn er mit dem Knochen der Schande im Maul vor ihm im Staub kriechen musste.

All diese Dinge gingen Faolan durch den Kopf, während er den Pfad der Schande zurücklegte.

In der blauen Dämmerung trottete bald ein zottiger Wolf auf ihn zu. Der fremde Wolf stieß einen seltsamen Laut aus, der weder ein Bellen noch ein Heulen war. Wie ein ersticktes Pfeifen klang es, also musste es wohl der Knochennager des Blaufelsrudels sein. Faolan hatte schon von dem Wolf mit der missgebildeten Kehle gehört, die jeden Laut, den er von sich gab, in ein Pfeifen verwandelte. Daher hatte er auch seinen Spitznamen: der Pfeifer.

Nur in einem einzigen Fall musste ein Knochennager sich einem anderen gegenüber unterwürfig zeigen: wenn er auf dem Pfad der Schande wandelte.

Faolan warf sich pflichtschuldig vor dem Pfeifer nieder, einem hellgrauen Wolf, der rappeldünn war und halb verhungert aussah. „Ich habe dich nicht so früh erwartet. Mir war nicht klar, dass ich das Gebiet des ehrwürdigen Blaufelsrudels schon fast erreicht habe“, sagte Faolan, nachdem er den Knochen aus dem Maul hatte fallen lassen.

„Hast du auch nicht. Ich war nur gerade hinter einem Hasen her. Die findet man oft dort, wo die Flechtenfresser grasen. Dann lassen sie sich viel leichter fangen.“

„Flechtenfresser – davon habe ich schon gehört.

Aber ich habe noch nie welche gesehen", erwiderte Faolan. „Ihr Fleisch soll besonders schmackhaft sein." Er wusste, dass sie Geweihe trugen und fast wie Rentiere aussahen. Sie waren jedoch kleiner und hatten eine Vorliebe für Moose und Flechten, auf die sie genauso versessen waren wie auf die Gräser, die die Rentiere fraßen. Dass der Pfeifer auf leichte Beute angewiesen war, sah man sofort. Er war so ausgemergelt, dass sich seine Knochen fast durch sein Fell bohrten.

„Du kannst jetzt aufstehen", sagte der Pfeifer.

„Wirklich?", fragte Faolan, um nur ja nichts falsch zu machen. Er wollte ein guter Knochennager werden, der beste von allen, damit er die Clans verlassen und ein Mitglied der Garde werden konnte.

„Ja, bitte komm mit. Du wirst erwartet."

Faolan schaute ihn fassungslos an. Noch nie hatte ein Wolf „bitte" zu ihm gesagt. Mit einem zufriedenen Lächeln klemmte er den Knochen unter sein Kinn und marschierte los. Doch dann hielt er inne. Dieser arme Wolf sah aus, als hätte er seit Monaten keine anständige Mahlzeit mehr bekommen.

„Was ist?" Der Pfeifer drehte sich zu ihm um.

„Wieso jagen wir nicht ein paar von diesen Flechtenfressern? Du siehst aus, als könntest du eine Mahlzeit gebrauchen."

Der Pfeifer ließ die Ohren herumschnellen. „Nun ja, du weißt doch, wie es ist. Besonders in einem großen Rudel wie dem Blaufels. Ich darf erst als Letzter fressen, wenn schon fünfundzwanzig andere dran waren."

„Fünfundzwanzig! Was bleibt da noch für dich übrig?"

„Manchmal gar nichts", gab der Pfeifer seufzend zu. „Meistens jage ich Hasen und anderes Kleinzeug. Gibt aber nicht viel her. An Hasen ist kein Fett dran, verstehst du?"

„Ich weiß. Dann lass uns die Flechtenfresser aufspüren. Wir haben noch Zeit. Du hast gesagt, ich bin früh dran."

„Im Ernst? Glaubst du wirklich, dass wir es schaffen, einen Flechtenfresser zur Strecke zu bringen? Nur wir beide?"

„Jedenfalls schmeckt ein Flechtenfresser besser als ein Hase. Und zu zweit ist es leichter als allein", erwiderte Faolan.

„Richtiges rotes Fleisch – mir läuft schon das Wasser im Maul zusammen. Dort hinten können wir vielleicht eine Fährte aufnehmen." Er nickte zu einem ausgetrockneten Flussbett hinüber. „Da kommen sie oft durch, wenn sie auf Wanderschaft sind."

„Na dann, auf geht's!", rief Faolan.

Sie fanden die Fährte sofort.

„Kann sein, dass einer von ihnen hinkt“, stellte der Pfeifer nach ein paar Minuten fest. „Er setzt die östliche Vorderpfote nicht gleichmäßig auf.“

Faolan war beeindruckt. Der Pfeifer war ein scharfer Beobachter und guter Fährtenleser.

Es war keine richtige Herde. Nur vier Flechtenfresser, die zusammen umherzogen, zwei Kühe, ein Kalb und ein älteres Männchen.

Das Männchen hatte eine tiefe Wunde in der Fessel. Es hinkte wirklich und würde vermutlich leichte Beute sein. Die Strategie war einfach: Sie mussten das Männchen von den anderen trennen und dann jagen. Faolan und der Pfeifer arbeiteten gut zusammen. Sie hetzten das alte Männchen eine Zeit lang in vollem Tempo, bis es müde wurde. Dann ließen sie sich zurückfallen und taten so, als hätten sie das Interesse verloren. Damit wiegten sie den Flechtenfresser in trügerischer Sicherheit. Seine Wachsamkeit ließ nach und vielleicht würde er sogar anhalten, um kurz zu verschnaufen. Doch plötzlich nahm Faolan eine Bewegung im Gestrüpp an einem Hang wahr. Ein großer, kräftiger Bock stürmte die Halde herunter, kam kurz vor ihnen zum Stehen und scharrte mit dem Huf. Flechtenfresser waren normalerweise kleine, leichtfüßige Kreaturen. Aber dieser Bock war riesig. Herausfordernd schwenkte er das gewaltige Geweih. Faolan kannte diese Drohgebärde von den Rentieren. Es war das typische Imponiergehabe, das häufig einem Revier- oder Paarungskampf zwischen den männlichen Tieren einer Herde vorausging. Dass aber ein Rentier sich gegen einen Wolf wandte und ihn auf diese Weise herausforderte, hatte er noch nie erlebt.

„Oh nein“, stöhnte der Pfeifer. „Lass uns lieber abhauen!“ Doch Faolan wirbelte herum und stemmte alle vier Beine in den Boden. Er ließ die Ohren nach vorn schnellen und knurrte den Bock an, der sofort den Kopf zum Angriff senkte.

Was in aller Welt macht dieser Wolf?, dachte der Pfeifer verblüfft. Dann sah er einen Silberstreif wie einen tief fliegenden Kometen in der Dämmerung aufblitzen.

Es dauerte ein paar Sekunden, bis der Pfeifer begriff, dass Faolan dieser Silberstreif war, der vor ihm durch die Luft schoss. Ein grässliches Krachen drang an sein Ohr, dann ein Ächzen und ein hoher, wiehernder Schrei. Im nächsten Moment saß Faolan rittlings auf der Schulter des Bocks, der sich wild aufbäumte und pfeilschnell davonschoss. Faolan klammerte sich eisern fest und der Pfeifer raste hinterher.

Unglaublich, dieser fremde Knochennager! Der Pfeifer hatte Faolans Sprung über die Feuerwand mit eigenen Augen gesehen. Er wusste, wie übertrieben die Gerüchte waren, die später in Umlauf kamen – am Ende hieß es sogar, Faolan sei in die Sonne gesprungen. Aber was er jetzt zu sehen bekam, spottete jeder Beschreibung. Faolan ritt auf einem riesigen Bock, dessen Blut nur so spritzte.

Faolan hatte die langen Fangzähne in den Hals der Beute gerammt und die lebenswichtige Halsschlagader zerfetzt. Seine Klauen bohrten sich so tief in die Schultern des Bocks, dass es ihm die Muskeln zerriss. Der Bock geriet ins Stolpern und stürzte zu Boden. Sein Bauch und sein Brustkorb wogten und er rang keuchend nach Atem. Der Pfeifer lief schnell hinüber und sank neben Faolan auf die Knie. Beide Wölfe legten die Köpfe neben den sterbenden Bock und sahen ihm in die Augen, um das letzte Aufflackern des Lichts darin zu erhaschen. Das Todesritual des *Lochinvyrr* war keine Regel, kein Gesetz, das auf einem Schnitzknochen festgehalten wurde. Jeder Wolf folgte diesem Drang, mit dem er das erlegte Tier ehrte und ihm zeigte, dass er das Leben würdigte, das es für ihn hingab.

Sekundenlang blieben Faolan und der Pfeifer stumm. Ihre Gedanken waren ganz auf die Schönheit dieses Tiers gerichtet, auf seine Anmut, seinen Kampfgeist. *Du bist würdig, dein Leben ist würdig und dein Fleisch wird uns am Leben erhalten.* Kurz bevor das Herz des Bocks aufhörte zu schlagen, flackerte ein Licht in seinen Augen auf. Als sei es zu einem Einverständnis zwischen Beute und Jäger gekommen. Nur eine Sekunde später starb das Tier.

Dünne, zerfranste Wolken schwebten tief am dunkler werdenden Horizont wie Spinnweben, die sich im Tag festkrallten. Faolan und der Pfeifer fraßen lange – bis der Mond bereits am Osthimmel aufstieg. Dann kehrten sie mit schweren Bäuchen zum Blaufelsrudel zurück.

Normalerweise hätte Faolan hinter dem Pfeifer gehen müssen, aber bald trotteten sie einträchtig Schulter an Schulter wie gute alte Freunde. Faolan erschien es so natürlich, dass er kaum noch daran dachte, bis der Pfeifer den Mund aufmachte. „Ich war da, als du über die Feuerwand gesprungen bist." Die Worte trafen Faolan wie ein Windstoß, der aus einer tiefen Schlucht emporfegte. „Ich war einer der Wölfe, die dich hineingehetzt haben. Und nun hast ausgerechnet du mir die erste anständige Mahlzeit seit Wochen verschafft." Der Pfeifer hielt inne. „Ich danke dir."

Ein langes Schweigen trat ein. Zum ersten Mal hatte ein anderer Wolf zugegeben, dass er in dem *Byrrgis* mitgelaufen war, der Faolan in den Tod hatte hetzen wollen. Die Wölfe hatten ihn fälschlicherweise für einen Geiferwolf gehalten, was ihnen jedoch kein bisschen leidtat. Im Gegenteil, die meisten bedauerten, dass Faolan bei dem Sprung über das Feuer nicht gestorben war. Es hätte ihn aufhalten sollen. Und was machte dieser fremde Wolf? Er sprang in die Sonne und stellte die Große Kette infrage. Das war eine schwere Sünde, die fortan nicht mehr erwähnt, sondern im Schweigen eines Schnitzknochens begraben wurde. Einfach „frei vom Knochen weg" darüber zu sprechen, wie der Pfeifer es gerade getan hatte, war unverzeihlich.

„Du solltest besser nicht darüber reden", sagte Faolan endlich.

Der Pfeifer zuckte die Schultern. Dann erwiderte er mit einem sonderbaren Kichern: „Ich rede doch gar nicht wirklich darüber. Oder würdest du mein Gekrächze als Reden bezeichnen?"

Na ja, dachte Faolan, *aus seiner Kehle kommen Wörter, die man verstehen kann, auch wenn sie komisch klingen*. „Kann ich dich etwas über den *Gaddernag* fragen?"

„Ich weiß selbst nicht viel darüber. Seit ich im

Blaufelsrudel bin, hat es nie einen gegeben." Der Pfeifer schwieg einen Augenblick. „Aber es heißt, dass die Knochennager während dieser Zeit mit großem Respekt behandelt werden. Kein Knuffen, kein Schnauzenbeißen."

„Und nach dem Wettbewerb?"

„Tja, ich fürchte, dann geht das Leben wie gewohnt weiter. Außer für den Wolf, der in die Garde kommt."

Dann geht das Leben wie gewohnt weiter. Das waren bittere Worte. Faolan *musste* einfach gewinnen. Es war seine einzige Chance. Aber wie sollte er das schaffen, wenn ihm die anderen Wölfe so weit voraus waren? „Hast du schon mit den Vorbereitungen angefangen?", fragte er.

„Oh ja, einer der *Gadder*-Lords, die den Wettkampf leiten, ist zu mir gekommen und hat mir erklärt, welche Knochenarten wir schnitzen müssen."

„Und was sind das für Knochenarten?"

„Die üblichen. Es müssen Worte der Weisheit aus der Großen Kette geschnitzt werden. Nichts, was dich überraschen könnte. Nur einen Knochen muss man selbst gestalten."

„Wie meinst du das?"

„Na, einen eigenen Geschichtenknochen. Ich glaube, das ist am schwierigsten. Als wir alle nach

Westen geeilt sind, um die Trauerrituale für das große Oberhaupt des MacDuncan-Clans zu vollziehen, durften wir an ein paar Knochen üben. Wir haben Trauerknochen für Duncan MacDuncan geschnitzt. Die Rudelführer sind danach zu uns gekommen und haben uns gesagt, was gut an unserer Schnitzarbeit war und was nicht."

Faolan erschrak. Erneut wurde ihm bewusst, wie weit er hinter den anderen zurücklag, weil er nicht an diesen ersten Vorübungen teilgenommen hatte.

„Außerdem wird ein *Byrrgis* aufgestellt, in dem wir nicht die Fährtenschnüffler spielen müssen." Der Pfeifer nickte Faolan zu. „Da kannst du Punkte machen."

Faolan ließ den Kopf sinken. „Na hoffentlich", murmelte er.

„Oh, bestimmt. Das weiß ich. Du bist wie dafür gebaut."

Inzwischen hatten sie das Lager des Rudels erreicht und es blieb keine Zeit mehr für weitere Gespräche.

Das Blaufelsrudel hauste unter einem riesigen Felsüberhang aus blauem, weiß geädertem Gestein, das vor winzigen Kristallen nur so blitzte. Faolan ging jetzt hinter dem Pfeifer her, wie es sich gehörte. Den Knochen der Schande trug er nicht mehr unter das

Kinn geklemmt, sondern im Maul. Niemand durfte erfahren, dass die beiden Knochennager unterwegs wie gute alte Freunde miteinander geredet hatten.

„Schön, nicht wahr?“, wisperte der Pfeifer Faolan zu und nickte zu dem Felsen hinüber.

Aber mit dem Knochen im Maul konnte Faolan nicht antworten.

Stumm bewunderte er den Felsen, der aussah, als wären die Sterne vom Himmel gepurzelt und hätten im Stein Wurzeln geschlagen.

Ein schöner schwarzer Wolf kam jetzt hinter dem Fels hervor und empfing den Pfeifer mit einem knurrigen Gruß, während er Faolan grob am Ohr knuffte. Faolan machte sich nichts daraus, obwohl es bitter war, plötzlich wieder wie Dreck behandelt zu werden, nachdem er zum ersten Mal die Freundschaft mit einem anderen Wolf genossen hatte.

„Lachlana und Tamsen warten dort drüben.“ Der schwarze Wolf nickte zu dem Felsüberhang. Faolan sah, dass andere Wölfe dort in den Schatten herumschlichen, und er spürte ihre misstrauischen Blicke auf sich. Ihre Neugier machte ihn nervös. Vor seiner Zerknirschungsrunde war er für die anderen nur ein Verrückter gewesen. Doch jetzt kam er mit Schande bedeckt in dieses fremde Rudel, als einer, der den *Byrrgis* gesprengt und die Ordnung zerstört hatte.

Der Pfeifer hielt sich etwas abseits und beobachtete die Wölfe. Alle waren beeindruckt von Faolans Größe und Stärke, das konnte er sehen. Selbst als Faolan sich im Staub wälzte, sah er nicht wie ein Knochennager aus. Sein Fell war zu glatt, er hatte nichts Struppiges oder Heruntergekommenes an sich. Die Blaufelswölfe starrten ihn verwundert an.

„Und das soll ein Knochennager sein?“, knurrte ein junger Wolf mit einem Anflug von Neid in der Stimme.

Was würden diese Wölfe erst sagen, wenn sie wüssten, dass Faolan einen riesigen Flechtenfresser zu Tode geritten hatte? Dem Pfeifer wurde ein wenig bange um diesen merkwürdigen jungen Knochennager, der so ganz anders war, als er es sich jemals hätte vorstellen können.

Obwohl Faolan sofort auf den Bauch ging und im vorgeschriebenen Unterwürfigkeitsgang zu den beiden Außenflankerinnen robbte, gelang es ihm, einen Hauch seiner Würde zu wahren.

Faolan hatte nur einen kurzen Blick auf die beiden Außenflankerinnen werfen können, ehe er zu kriechen begann. Zumindest wusste er, dass er zwei kraftvolle Wölfinnen vor sich hatte, deren Fell cremeweiß schimmerte. Wahrscheinlich waren sie Schwestern. Als er ihre Pfoten erreicht hatte, hielt er an und ließ den Knochen der Schande fallen. Die etwas kleinere Wölfin riss den Knochen schnell an sich, aber vorher biss sie Faolan scharf in die Nase. Dann reichte ihm ihre Schwester einen frischen Knochen, ein Stück von einem Geweih. Das war der Zerknirschungsknochen, den Faolan benagen musste. Zuerst trat jedoch der Rudelführer vor, um den Knochen der Schande zu verlesen. Die beiden Außenflankerinnen wichen mehrere Schritte zurück.

Lord Dain, der direkt über Faolans Kopf stand, begann mit tiefer, wohlklingender Stimme zu lesen: „Wie von dem Knochennager Heep aus dem Flussrudel des MacDuncan-Clans berichtet …“

Faolan krümmte sich innerlich, als er Heeps Namen hörte. *Du wirst dich daran gewöhnen müssen*, ermahnte er sich. *Du wirst ihn noch oft genug zu hören bekommen.*

„Am Morgen nach der fünfzehnten Nacht des Rentiermondes bildete sich ein *Byrrgis* auf der Senge, um einen Elchbullen zur …“

Nach dem fünften „bescheiden“ und „untertänigst“ in Heeps Geschichte lief ein unterdrücktes Kichern durch die Reihe der anwesenden Wölfe. Das tröstete Faolan ein wenig, aber nicht sehr lange.

„Der ist aber ein böser Wolf, oder, Mama?“, hörte er einen kleinen Welpen sagen.

„Ja, sehr böse“, bestätigte seine Mutter.

Faolan klemmte den Schwanz noch fester zwischen die Beine und kniff die Augen zusammen. Warum war er nur so ein Idiot gewesen? Duncan MacDuncans Worte hallten ihm erneut in den Ohren wider: *Nur leider fehlt es dir an Vernunft.*

Ich bin groß, aber dumm, schoss es Faolan durch den Kopf. *Wie konnte ich nur so blöd sein und auf die Hinterbeine gehen wie ein Grizzly?* Selbst Donnerherz wäre vermutlich entsetzt über sein Benehmen gewesen. Vielleicht hätte sie gedacht, dass er ihre Lehren missbraucht hatte. Der Gedanke war ihm unerträglich – ein Wolf, der gleich zwei Tierarten beleidigte. Noch nie in seinem Leben hatte Faolan sich so geschämt.

Lastendes Schweigen folgte, als Dain zu Ende gelesen hatte – bis ein ganz kleiner Welpe herausplatzte: „Mama, warum hat der Wolf das Wort ‚bescheiden‘ so oft geschnitzt?“ Der Kleine erntete einen scharfen Knuff von seiner Mutter und lief quiekend davon.

„Hört, hört!“, knurrte Dain. „Wir haben uns versammelt, um die Rituale der Zerknirschung zu bezeugen. Nur so kann das Unrecht, das den Außenflankerinnen geschehen ist, wiedergutgemacht werden.“ Dann funkelte er Faolan an. „Fahre fort, Knochennager.“

Faolan wölbte den Rücken so hoch wie möglich, kniff den Schwanz ein und ging auf die beiden Außenflankerinnen zu. Direkt vor ihnen sank er in die Knie und presste den Bauch auf den Boden. Dann verdrehte er den Hals, wälzte sich auf den Rücken und bot den beiden Außenflankerinnen die Unterseite dar. In dieser Haltung bekannte er seinen Fehler. „Ich, Faolan, Knochennager des Osthangrudels, habe mich des Vergehens schuldig gemacht, das von Heep auf dem Knochen der Schande festgehalten wurde. Ich schwöre beim Mark meiner Knochen, dass die Wahrheit und nichts als die Wahrheit geschnitzt wurde. Ich erkläre mich bereit, meinen Fehler wiedergutzumachen, indem ich den Knochen benage, der mir von den geschätzten Wölfinnen Lachlana und Tamsen, den hervorragenden Außenflankerinnen des Blaufelsrudels, überreicht wurde."

Lord Adair hatte Faolan erklärt, dass er die Große Kette in seinen Zerknirschungsknochen schnitzen musste. Genau an der Stelle, an der sein Verhalten die Ordnung gestört hatte, sollte er sein *Malcadh*-Zeichen einritzen – die Spirallinie an seiner gespreizten Pfote.

Faolan schnitzte die Große Kette, seit er zu den Wölfen der Hinterlande gekommen war. Am Anfang durften die Knochennager eine vereinfachte Version dieser Kette wiedergeben. Mit der Zeit lernten sie jedoch, dass die Große Kette viel umfassender war, als es zunächst den Anschein hatte. Es gab unzählige Verknüpfungen zwischen den einzelnen Klassen. Als geschickter Schnitzer hatte Faolan den Auftrag erhalten, kompliziertere Darstellungen der Großen Kette anzufertigen. Wussten die Blaufelswölfe, dass er bereits bis zur vierten Ordnung vorgedrungen war? Wenn nicht, konnte er eine Version schnitzen, die einfacher war und weniger Zeit kostete.

Genau in diesem Moment hörte er den ersten Ton eines Heulens, das klar und makellos in die Nacht aufstieg. Er drehte den Kopf herum und stellte verwundert fest, dass der Laut aus der verkorksten Kehle des Pfeifers kam. Wie eine wunderschöne Nachtblüte entfaltete er sich in der Dunkelheit. Die anderen Wölfe stimmten mit ein, denn auch sie hatten jetzt den Geistnebel von Duncan MacDuncan entdeckt. Vielleicht war dies die letzte Nacht, in der sie ihn sehen konnten, ehe der Mond des ersten Schnees kam und das Sternbild des Großen Wolfs bis zum Frühjahr verschwand.

Faolan wandte die Augen von dem Knochen ab. Das verstorbene Oberhaupt hatte die oberste Sprosse der Leiter erreicht. Sein Bartzopf war jetzt wieder sauber geflochten und Faolan kam es vor, als blickte er direkt auf ihn herunter. *Ich muss die ganze Kette schnitzen,* dachte er beschämt. Nein, er würde nicht den bequemen Weg wählen. Sorgfältig studierte er den Geweihknochen und leckte mehrmals daran, um sich mit der Oberfläche vertraut zu machen. Dann begann er zu nagen.

„Hast du die Sonne gesehen, die er schnitzt?“, wisperte ein Wolf in seiner Nähe. „Man kann ja fast die Hitze spüren!“

„Das ist ... unheimlich. Viel zu lebensnah“, murrte ein anderer.

Faolan versuchte die Ohren zu verschließen, hörte aber trotzdem noch, wie ein dritter Wolf mit bebender Stimme sagte: „Meint ihr, er kommt aus der Dunkelwelt?“

Faolan hatte sein Bestes gegeben. Er wollte einen guten Knochen schnitzen. Aber er konnte es diesen Wölfen einfach nicht recht machen, so sehr er sich auch anstrengte. Trotzdem musste er weitermachen. Ihm blieb nichts anderes übrig. Am nächsten Morgen würde er im ersten Dämmerlicht zum Feuergrasrudel aufbrechen.

MacDuncans Geistnebel

Inzwischen beherrschte Faolan das Zerknirschungsritual im Schlaf. Er zuckte auch nicht mehr zusammen, wenn Heeps Geschichte laut verlesen wurde. In wenigen Tagen hatte er drei Knochen der Schande abgeliefert, die so kunstvoll geschnitzt waren, dass viele Wölfe Angst bekamen. Er sei ein Abgesandter der Dunkelwelt, wurde gemunkelt. Aber selbst das brachte Faolan nicht mehr aus der Fassung. Sollten sie denken, was sie wollten. Er würde seine Arbeit so gut wie möglich machen, was immer sie davon hielten. Und damit basta. Die Wölfe der Garde galten als die besten Schnitzer der Hinterlande und nur diese Wölfe zählten für ihn. Wenn sie wirklich so herausragende Künstler waren, würden sie seine Arbeit nicht unheimlich oder *cag mag* finden.

Der wunderschöne Ton, den der Pfeifer von sich gegeben hatte, als MacDuncans *Lochin* die oberste Leitersprosse erreichte, ging Faolan nicht mehr aus dem Kopf. Aber warum kam es ihm vor, als verweilte MacDuncans Geistnebel noch am Nachthimmel, obwohl er nicht mehr zu sehen war? Als folgte das Oberhaupt einer Geruchsspur, die von den Sternen herab direkt zu Faolan führte. Das war unmöglich und doch spürte Faolan ganz deutlich, dass Duncan MacDuncans Nebel direkt über ihm schwebte.

Mit diesen Gedanken im Kopf erklomm Faolan einen Bergrücken, als plötzlich eine Wölfin vor ihm auftauchte. Lael! Die Obea des MacDuncan-Clans. Ihm stockte der Atem. Wenn die Obea sich so weit vom Carreg-Gaer-Rudel entfernte, konnte das nur eines bedeuten: Im Flussrudel musste ein *Malcadh* zur Welt gekommen sein.

Da er sich windaufwärts von der Obea hielt, konnte sie seinen Geruch nicht auffangen. Lautlos duckte er sich in einen Graben und spähte über den Saum der Wintergräser. Er konnte nur einen Geruch ausmachen – den des Neugeborenen, das die Obea am Nackenfell trug. Es musste das Junge der trächtigen Wölfin sein, die er direkt vor dem *Gaddergladder* gesehen hatte.

Die Unfruchtbarkeit hatte der Obea nicht nur ihren Uringeruch und alle anderen Duftmarken geraubt, sondern wahrscheinlich auch ihre Gefühle. Lael trug das Junge im Maul wie einen Klumpen Erde. Faolan konnte von Weitem sehen, dass mit ihren Augen etwas nicht stimmte. Sie waren zwar grün wie die Augen aller Hinterlandwölfe, aber ohne jedes Licht darin. Augen, die so kalt und fern wie die Sterne wirkten. Faolan dachte an die Wintersterne, die von den Wölfen „gefrorene Sternbilder“ genannt wurden und in den sturmdurchtosten Nächten der Hungermonde erschienen.

Von seinem Versteck aus konnte er keine auffälligen Missbildungen an dem Welpen erkennen. Wahrscheinlich war das Kleine nur zu früh auf die Welt gekommen, denn jetzt war nicht der Geburtsmond der Wölfe. Frühgeborene wurden ausgesetzt, selbst wenn sie keine wirklichen *Malcadh* waren, weil ihre Aufzucht als zu schwierig galt. Oft hatte so ein früher Welpe aber auch innere Fehlbildungen und würde sowieso bald sterben.

Lael kletterte einen Steilhang zum höchsten Teil des Bergrückens hinauf. Ihr Schritt war gleichmäßig, das winzige Geschöpf baumelte in ihrer Schnauze und strampelte schwach mit den Hinterbeinen. Als Lael oben auf dem Kamm angekommen war, setzte sie das *Malcadh* ab – mitten auf einer Eulenflugroute zu den Heiligen Vulkanen, wo Gwynneth ihre Schmiedeglut sammelte. Und nicht nur das, der Weg war auch ein Elchpfad.

„Wie umsichtig", murrte Faolan vor sich hin. Wenn die Eulen das Junge nicht holten, wurde es von den Elchen zertrampelt. Schaudernd stellte er sich vor, wie das winzige Geschöpf von den riesigen Hufen zermalmt wurde. Hoffentlich ging es schnell. Aber wer weiß, wie lange das Neugeborene in dieser grenzenlosen Weite nach seiner Mutter winseln würde. Und wie einsam und verlassen es sich fühlte.

Faolan erinnerte sich nicht an seine eigene Aussetzung. Er wusste nur, was Donnerherz ihm erzählt hatte, und die hatte sich das meiste zusammengereimt. Er sei irgendwann im Eisbruchmond am Ufer des großen Flusses ausgesetzt worden und der Eissims, auf dem er lag, müsse sich losgerissen haben. Wenn Faolan sich nicht an Donnerherz' Fuß verfangen hätte, wäre er gestorben. Aber so war er aus der Kälte und dem Nichts in eine Welt der Wärme und der überströmenden Milch eingetaucht. An Donnerherz' Brust und ihrem riesigen, dröhnenden Herzen hatte er sich geborgen gefühlt. Die Angst vor dem Nichts war ihm nur dunkel in Erinnerung geblieben, aber er wünschte diesen Albtraum nicht einmal seinem ärgsten Feind. Dabei wusste er, dass der Tod des kleinen Welpen ein geringer Preis für die Gesundheit eines ganzen Wolfsclans war. Es musste so sein. Es war das heiligste aller *Gaddernock*-Gesetze.

Gebannt verfolgte er die Szene von seinem Versteck aus. Die Obea hatte den Welpen nicht einfach auf dem benachbarten Kamm abgelegt, sondern auf einem flachen Tafelfelsen, der eigens zu diesem Zweck geschaffen schien. Der ideale *Tummfraw*. Dann drehte die Obea sich um, ohne einen Blick zurückzuwerfen, und trottete den Pfad wieder hinunter, den sie gekommen war.

Faolan schwankte zwischen Angst und Neugier. Fragte sich das kleine Wesen, was aus dem Milchgeruch seiner Mutter geworden war? Was fühlte es in diesem Moment? Fror es? Ein eisiger Wind war aufgekommen. Konnte er das Junge vielleicht retten, so wie Donnerherz ihn gerettet hatte? Aber nein, das war unmöglich. Er hatte ja keine Milch. Und außerdem verstieß es gegen die Gesetze der Hinterlandwölfe, dass ein anderer Wolf sich um ein *Malcadh* kümmerte.

Als die Obea im dichter werdenden Nebel der Abenddämmerung verschwunden war, konnte Faolan nicht länger an sich halten. Er hievte sich aus dem Graben und kletterte den Steilhang zu dem *Tummfraw* hinauf. Als er fast oben war, drang hin und wieder das leise Wimmern des Welpen an sein Ohr. Mit jedem Schritt fühlte er sich mehr als Verräter am heiligsten der Wolfsgesetze. Aber er wollte ja nur nachsehen.

Nein, du lügst, sagte eine Stimme in seinem Kopf. *Du gehst hin, um das Kleine zu trösten.* Beim Lupus! Faolan hatte das Gefühl, dass MacDuncans Geistnebel ihm bis auf den Bergkamm gefolgt war. Doch als er die sternfunkelnde samtblaue Kuppel des Nachthimmels absuchte, war vom Sternbild des Großen Wolfs nichts zu sehen. Auch die Sternenleiter und die himmlische Höhle der Seelen war verschwunden. Doch warum spürte er dann den Geist des Oberhaupts so deutlich?

Faolan wagte sich noch einen Schritt näher. Und da lag es, das *Malcadh*, winziger, als er es sich je hätte vorstellen können. Ein lohfarbenes Weibchen, ein schimmernder goldener Flauschball, ohne jede Missbildung. Im Gegenteil – etwas so Vollkommenes hatte Faolan noch nie gesehen. Aber die Kleine war so winzig, dass ihr ganzes Körperchen bei jedem Herzschlag bebte. Am liebsten hätte er sie geleckt, ihr ein wenig Trost und Wärme gespendet, bevor sie starb. Lange würde sie nicht mehr leben, das stand fest. Die ersten Schneeflocken des Winters rieselten herab. Vielleicht würde sie darunter begraben werden und in den Kälteschlaf fallen. Angeblich war das eine gute Art, aus dem Leben zu gehen. Ja, Faolan wünschte ihr eine weiche, dicke Schneedecke. Vielleicht wäre das auch ein gutes Versteck, in dem sie vor den Eulen oder vor Raubkatzen wie Rotluchsen und Pumas geschützt war. Auch Elche würden diesen Weg bei Tiefschnee nicht nehmen.

Faolan wusste, dass er das kleine Wesen nicht anfassen durfte. Vom höchsten Punkt des Bergkamms aus heulte er ein Gebet an den Großen Lupus in die Dämmerung, dass er Schnee schicken möge, viel Schnee.

Die Nacht ist gekommen, die Sterne leuchten,
lass jetzt Schnee auf das Kleine rieseln,
das hier auf dem *Tummfraw* liegt.
Ein Wolfskind, ausgesetzt,
ohne Mutter, ohne Milch.
Kalt ist ihm und es ist so allein.
Das große Nichts ist sein Zuhause,
die große Leere, endlos wie das Meer.
Ohne Zuflucht, ohne Zukunft.
Sag mir, wohin bist du gegangen,
Großer Wolf der Nacht?
Wo bist du,
wenn das Welpenmädchen um sein Leben kämpft?
Sag mir, was siehst du von deinem Himmelsbau?
Siehst du die kleine Wölfin nicht?
Wie ein winziger Goldstern erlischt ihr Licht.
Ihr Atem wird flach,

ihr Wimmern dünn.
Behüte sie vor den Zähnen des Fuchses
und vor den Krallen der Eule.
Töte sie sanft, wenn du sie nehmen musst.
Hörst du ihr Wimmern nicht?
Leise, ach so leise,
ihr Herz schlägt so schwach.
Eine Schneedecke gib ihr, dick und weiß.
Damit ihre Seele sich zum letzten Flug aufschwingt,
dorthin, wo fröhliche Welpen spielen.
In den Sternen oben, wo die Bäuche voll
und *Malcadh* willkommen sind.
Wo es keine Jagd und keinen Hunger gibt.
Wo man auf einem Stern steht
und nach der Sonne greifen kann.
Wo Wölfe, Bären und Rentiere eins sind.

Die Sark vom Sumpfmoor

Die Sark stand vor ihrer Höhle und fachte das Feuer im Brennofen an, als die Wölfin mit letzter Kraft den Weg heraufftaumelte. „Ach du liebe Güte", seufzte die Sark. „Ich bin gleich bei dir, meine Liebe."

Einladend nickte sie zum Höhleneingang. Ihr schielendes Auge – böse Zungen verglichen es mit einem fauligen Eidotter – verdrehte sich dabei in die entgegengesetzte Richtung. Der Sark entging nicht, wie die Wölfin bei diesem Anblick erschauerte. Gut, dachte sie, zumindest hat die Arme noch genug Kraft, um sich ein wenig vor meinem dummen Augapfel zu fürchten.

Steifbeinig ging die Wölfin zum Eingang. Sie brauchte dringend Trost und Hilfe und trotzdem zögerte sie, den Bau dieser seltsamen Wölfin zu betreten. Die Sark lebte außerhalb des Clans und experimentierte mit Feuer – es wurde sogar gemunkelt, dass sie eine Hexe sei. Aber sie nützte das Feuer nur, um ihre Heiltränke zu brauen. Den Trank des

Vergessens zum Beispiel – und die Wölfin lechzte danach, vergessen zu können.

Als sich ihre Augen an die Dunkelheit gewöhnt hatten, entdeckte sie einen Fellstapel an der hinteren Wand, umkreiste ihn dreimal und sank dann erschöpft darauf nieder. Vorsichtig beschnüffelte sie das Fell und fing eine schwache Duftspur der *Malcadh*-Mutter auf, die zuletzt hier geschlafen hatte. Der Geruch war mindestens ein Jahr alt. Obwohl sie zu Tode erschöpft war, konnte die Wölfin nicht schlafen. Ihr Blick wanderte rastlos durch die Höhle. Es war der sonderbarste Wolfsbau, den sie je gesehen hatte. Fellsäcke hingen an Spießen aus Rentiergeweih, die aus der Wand ragten. Auf Steinsimsen standen Töpfe und Krüge aus Ton. Die Wölfin hatte gehört, dass die Sark magische Kräfte besitze und gewöhnliche Erde in allerlei Gebrauchsgegenstände verwandeln könne. Eine Fähigkeit, die auch die Eulen besaßen. Nur dass die Eulen ihr Feuer meist für Metalle, nicht für Erde und Lehm nutzten. An den Wänden hingen Felle mit Zeichen, die aussahen, als seien sie mit einem verkohlten Holzsplitter eingeritzt worden. Die Wölfin hatte keine Ahnung, was die Zeichen bedeuteten. Einige davon waren sehr hübsch und bildeten gefällige Muster. Auch Federn entdeckte sie – keine Eulenfedern, sondern die Federn von Schnee-

und Moorhühnern, die zu prallen Büscheln angeordnet waren. Von der Decke hingen getrocknete Gräser, Kräuter und Moose.

Jetzt trat die Sark in die Höhle und zog mit den Zähnen einen Stöpsel aus einem Krug, der auf der Seite lag. Sie ließ ein dünnes Wassergerinnsel in eine kleine Lehmschale darunter rieseln. Aus einem der Kräuterbüschel an der Decke schüttelte sie ein paar Blätter heraus, nahm getrocknete Flechten aus einem Tontopf und streute sie ins Wasser.

„Trink das“, sagte sie und schob der Wölfin das Elixier hin. „Damit du vergessen kannst.“

Sobald eine *Malcadh*-Mutter aus dem Rudel verbannt wurde, setzte das Vergessen ein. Dort, wo das Junge in ihr gewachsen war, breitete sich eine tiefe Dunkelheit aus. Mit der Zeit verblasste die Dunkelheit zu Grau, bis nur noch der Schatten ihrer Trauer übrig war. Nur so konnte die Wölfin weiterleben, einen neuen Clan, ein neues Rudel und einen neuen Gefährten finden. Bei manchen dauerte das Vergessen allerdings länger. Sie taumelten am Rand der Schwärze dahin, ohne je ganz von ihr ausgefüllt zu werden.

Misstrauisch beäugte die Wölfin die Lehmschale. Das war alles so seltsam – die Schale, das Wasser aus einem Krug, die Gras- und Kräuterschnipsel, die darin herumschwammen.

„Nun komm, meine Liebe, nimm einen Schluck. Du bist nicht eine dieser Wölfinnen …“, die Sark vermied bewusst das Wort „Mutter“, „ich meine, du bist doch nicht abseits gegangen, oder?“ Manche Wölfinnen spürten irgendwie, dass sie ein *Malcadh* in sich trugen, und stahlen sich heimlich davon, um der Obea zu entkommen.

„Nein, dazu war keine Zeit“, schluchzte die Wölfin. „Sie war kein *Malcadh*. Sie war so schön, so vollkommen.“

„Nur war es zu früh dran …“ Die Sark sagte immer „es“, wenn sie von einem ausgesetzten Welpen sprach. „Das ist aussichtslos und gibt nur Probleme, Herzchen. Trink jetzt.“

Manche Mütter wehrten sich gegen die Dunkelheit, das wusste die Sark. Sie hatte am eigenen Leib erfahren, wie es war, wenn man nicht vergessen konnte. Ihr ganzes Leben war der Erinnerung geweiht. Als die Wölfin endlich schläfrig wurde und in einen langen Schlummer fiel, fing die Sark einen Dufthauch auf, der eine dunkle Erinnerung in ihr aufrührte.

Die Wölfin hat in den letzten Sommermonden Süßgras von den Hochebenen gefressen, dachte sie. In einem Spätsommermond hatte die Sark den Entschluss gefasst, nie in einem Clan zu leben – damals, als sie zum ersten Mal ihre Milchgeberin, ihre Mutter erblickt hatte. Jedenfalls glaubte sie, dass es ihre Mutter gewesen war. Seufzend widerstand sie der Versuchung, zu ihrem Erinnerungskrug zu gehen. Sie war jetzt nicht in der Stimmung, alte Ängste zu wecken.

Die Erinnerungskrüge gehorchten ihren eigenen Gesetzen, die der Sark genauso wichtig und teuer waren wie den Clanwölfen die Regeln der Großen Kette oder des *Gaddernock*. Nein, die Sark ließ sich nicht von hochrangigen Wölfen vorschreiben, wie und wann sie sich zu verneigen hatte. Diese ganzen Unterwerfungs- und Ehrerbietungsrituale waren in ihren Augen völlig übertrieben.

Ihr waren nur die Erinnerungen heilig, nicht irgendwelche sinnlosen Rituale. Obwohl sie die Notwendigkeit der Gesetze der Hinterlande einsah, erschienen sie ihr oft so tot und verstaubt wie die Knochen, in die sie eingeritzt waren. Erinnerungen waren dagegen so lebendig wie ein rauschender Fluss, nur dass der Erinnerungsfluss statt Wasser die Überreste von Gerüchen mit sich führte. Gerüche, die die Erinnerungen wachriefen.

Ohne Erinnerungen würden die Knochen, die die *Gaddernock*-Gesetze bewahrten, zu Staub zerfallen. Davon war die Sark überzeugt. Ihr ging es um Erfahrungen, Gefühle und Farben. Das Leben der Rudelwölfe drehte sich viel zu oft nur um die Jagd und die verzwickten Verhaltensregeln des Clans. Es gab nur blinden Gehorsam, statt echter Bewusstheit. Die Wölfe der Hinterlande lebten in einer eng begrenzten, farblosen Welt, die ihr ohne jeden Sinn erschien. Unwillkürlich schweifte ihr Blick zu den tiefen Schatten der Höhle ab. Dorthin, wo die Erinnerungskrüge wie Wächter der Vergangenheit standen. Dann warf sie einen Blick auf die Mutter des *Malcadh*. Die Wölfin lag in einem tiefen Schlaf, der die nächsten zwei Tage anhalten würde. Wenn sie erwachte, würde ihr vor Hunger der Magen knurren. Sie würde fortgehen, um zu jagen, und nicht zurückblicken.

„Sie wird mich erkennen!“

Der Schnee, den Faolan erfleht hatte, war nicht gekommen. Eisige Windböen hatten erst Regen und dann Hagel gebracht. Faolan schauderte bei dem Gedanken an die Reißzähne und Klauen, die vielleicht den Weg zu dem Welpen finden würden. Einmal sah er eine kleine Rentierherde, die dem Unwetter die Stirn bot. Aber er hatte keine Lust zu jagen. Er spürte keinen Hunger, sondern nur tiefes Mitgefühl mit diesem kleinen Wesen, das er sterbend auf dem Hügelkamm zurückgelassen hatte.

Er lief den gewundenen Pfad in das flache Becken hinunter, das zum Sumpfmoor und zu der seltsamen Wölfin führte, die dort lebte. Die Sark faszinierte ihn. Sie lebte allein und obwohl die Rudelwölfe zu ihr kamen, um Glut und Heiltränke von ihr zu holen, fürchteten sie ihre Magie. Vielleicht sahen sie die Mondfäule in ihren Augen? Faolan war sicher, dass sie viel über Wolfsbräuche wusste, auch wenn sie fernab von ihnen lebte. Vielleicht konnte er etwas von ihr lernen, das ihm beim *Gaddernag* helfen würde. Vor allem aber konnte er ihr von dem *Malcadh* erzählen. Er sehnte sich danach, über das kleine lohfarbene Wolfsweibchen zu reden.

Am Eingang der Sümpfe fing Faolan zum ersten Mal den Rauchgeruch auf. Dann sah er einen Rauchfaden von einem Gebilde aufsteigen, das wie eine Erdhütte mit einem Kuppeldach aussah. Er hatte das Lager der Sumpfhexe gefunden. Die Höhle, in der sie lebte, war von einem kahlen Bereich umgeben, auf dem sie mehrere Feuer unterhielt. Aber diese hier waren anders als die offene Esse der Eulenschmiedin Gwynneth. Die Sark hatte kleine Höhlen gebaut, in denen das Feuer geschützt war.

Seltsamerweise schien sie ihn erwartet zu haben. Dabei war Faolan windabwärts von ihr gewesen. Wie hatte sie also seinen Geruch aufgefangen? Oder hatte sie ihn schon vor Stunden aufgespürt, als er noch den Hang heruntergelaufen war und der Wind in eine andere Richtung geweht hatte? Heiße Scham stieg plötzlich in ihm auf, weil er mit Heeps Knochen der Zerknirschung im Maul den Weg heraufkam. Als die Sark auf ihn zutrat, legte er den Knochen ab, sank in die Knie und dann auf den Bauch. Was musste sie nur von ihm denken? Das letzte Mal hatte er die Sark an der Feuerwand gesehen. Dort hatte sie ihn in Schutz genommen und gegen die Anführer gewettert. „Wie könnt ihr ihn jagen, ohne einen Beweis dafür zu haben, dass er wirklich die Geiferseuche hat?“, hatte sie geschimpft. „Ihr hirnverbrannten Idioten!“ Und jetzt? Wie weit war es mit ihm gekommen? Er kroch vor ihr im Staub, ein entehrter Knochennager, der auf dem Pfad der Schande wandelte.

„Also wirklich“, begrüßte ihn die Sark mit ihrer rauen Stimme, in der immer ein unterdrücktes Knurren mitschwang. „Mir brauchst du nicht mit diesem dummen alten E- und G-Kram zu kommen!“

„E- und G-Kram? Was ist das?“

„Ehrerbietung und Gehorsam. Die Unterwerfungsrituale.“

„Nein, eigentlich sind es die Zerknirschungsrituale. Ich habe gegen den *Byrrgnock* verstoßen, die Gesetze, die den *Byrrgis* beherrschen.“

„Ja, ja, ich weiß. Du musst mir nicht erklären, was der *Byrrgnock* ist oder was du getan hast. Ich habe es nicht anders erwartet“, schnaubte sie verächtlich.

Faolan zuckte zusammen. Er konnte nicht sagen, ob ihr Zorn gegen ihn gerichtet war oder nicht.

„Steh auf, in Lupus’ Namen. Für diesen Unsinn fehlt mir die Geduld.“ Sie nickte zum Eingang der Höhle, in der ein weiteres Feuer brannte. „Geh schon hinein. Ich muss noch diese Töpfe aus dem Ofen holen."

Das Feuer in der Höhle verströmte eine starke Hitze. Faolan wollte sich gerade so dicht wie möglich davorsetzen, als er eine schlafende Wölfin auf einem Stapel Felle bemerkte und ihren Geruch auffing. Die Mutter des *Malcadh*! Faolan zitterte am ganzen Körper. Steifbeinig blieb er stehen, legte die Ohren flach an und verengte die Augen zu Schlitzen. Er konnte den Blick nicht von der Wölfin abwenden.

„Keine Sorge, sie schläft", sagte die Sark, die gerade in die Höhle getreten war.

„Ich habe ihr Junges auf dem Hügelkamm gesehen."

„Ich weiß."

„Woher?"

„Ich rieche es an dir."

„Aber ich habe es nicht berührt. Das schwöre ich!"

„Auch das weiß ich." Die Sark ging um ihn herum und er sah, dass sie einen Fellbeutel in der Pfote hielt. Vielleicht war einer der Töpfe darin, von denen sie gesprochen hatte.

„Ist meine Mutter auch hierhergekommen, als ... als ..." Faolan wurde schwindlig bei dem Gedanken, als taumelte er am Rand eines Abgrunds und würde jeden Moment hinunterstürzen. Wenn seine Mutter noch lebte, war er der glücklichste Wolf der Welt. Er würde sie suchen und finden. Er würde die ganzen Hinterlande durchqueren und bis ans Ende der Erde reisen, wenn es sein musste.

„Nachdem die Obea dich fortgetragen hat?"

Faolan nickte.

„Nein." Die Sark war froh, dass sie nicht lügen musste. Und das hätte sie getan, wenn Faolans Mutter damals zu ihr gekommen wäre. Die Sark verachtete die meisten Wolfsbräuche, aber in einem gab sie den Clanwölfen recht: Je weniger ein *Malcadh* über seine Mutter wusste, desto besser. Doch dieser junge Wolf würde es ihr nicht leicht machen, das war ihr klar.

„Warum machen sie das?"

„Das weißt du doch, Faolan. Stell dich nicht dumm. Es ist eines der wenigen Clan-Gesetze, die einen Sinn haben, nämlich die Blutlinie gesund zu erhalten."

Faolan wirbelte herum und funkelte sie an. „Wie oft muss ich mir das noch anhören?", knurrte er. „Ich kann nun mal keinen Sinn darin sehen. In keinem der Gesetze. Ich ... ich ...", stammelte er. Und dann brach alles aus ihm heraus. „Ich bin jetzt einsamer als früher, als ich noch allein war." Die Sark hörte nur mit einem halben Ohr hin, weil ihre Aufmerksamkeit auf etwas am Rand der Höhle gerichtet war, das er nicht sehen konnte. Er schaute sie an. Diese Wölfin war anders. Sie lebte allein und wirkte trotzdem zufrieden. Wenn sie ihm doch nur zuhören, seinen Schmerz verstehen, ihn trösten würde …

Aber natürlich konnte die Sark ihn nicht in die Arme nehmen, wie die riesige, sanfte Grizzlybärin Donnerherz es getan hatte. Sofort schämte er sich für seine Gedanken – dafür war er doch viel zu groß. Er war ja längst kein flauschiger kleiner Welpe mehr. Damals musste er nicht um Trost betteln. Er wurde geliebt und gehätschelt. Wieder schaute er die Sark an. Hatte sie auch eine Milchmutter gehabt? War sie je geliebt worden?

Er ertrug es nicht mehr, seinen Wolfsbrüdern so nahe zu sein und sich doch so fremd zu fühlen, so anders, so einsam. Er gehörte zu einem Clan, ohne wirklich ein Mitglied zu sein, zu einem Rudel, das ihn verachtete. Kein Wunder, dass er vor dem Gespräch mit dem Oberhaupt mit dem Gedanken gespielt hatte, das Rudel zu verlassen und nach Ga'Hoole zu gehen. Wie gern würde er noch einmal neu anfangen. Laut seufzend sagte er: „Ich habe das alles so satt – diese Wölfe und ihre dummen Bräuche."

„Na gut, dann hab sie satt", erwiderte die Sark, die in einer Nische mit ihren Töpfen hantierte. Faolan legte den Kopf schief, denn plötzlich erwachte die

Neugier in ihm. Diese Töpfe waren merkwürdige Dinger, fremdartig und schön. Manche waren mit bunten Steinen verziert und mit kunstvollen Zeichen und Mustern versehen. Aber er wollte sich nicht ablenken lassen.

„Hast du meine Mutter gekannt? Oder meinen Vater?“

Die Sark fuhr zu ihm herum und ihr weghuschendes Auge kreiste wild in seiner Höhle. Ihr Fell war sowieso schon zerzaust und struppig, aber jetzt sträubten sich ihre Nackenhaare wie in einem Sturmwind. Als redete sie mit einem begriffsstutzigen Welpen, sagte sie ganz langsam: „Verstehst du denn nicht? Ich bin rudellos. Clanlos. Ich habe keine Freunde, keine Verbündeten. Ich kenne keine Wölfe.“

„Aber sie kommen doch zu dir. So wie damals, als die Clans hinter mir her waren.“

„Ja, und das war ein großer Fehler. Ich hätte nach einem Beweis für deine angebliche Geiferseuche fragen sollen.“

Faolan nickte zu der Wölfin hinüber. „Und die da ist auch zu dir gekommen.“

„Das ist was anderes. Die Wölfinnen kommen, weil sie in Not sind. Nicht, um mir Gesellschaft zu leisten oder mit mir zu heulen. Deine Mutter war nicht hier. Ich kenne sie nicht.“

Faolan winselte, legte sich nieder und vergrub die Schnauze zwischen den Pfoten.

„Hör mit dem Gewinsel auf. Winselnde Wölfe kann ich nicht ausstehen."

Faolan schniefte. „Ich will es doch nur wissen, das ist alles. Ich hatte eine zweite Milchgeberin, nachdem die Obea mich fortgebracht hatte, verstehst du?"

„Ich weiß, eine Grizzlybärin."

„Und woher weißt du das?"

„Ich habe ihren Geruch aufgefangen, als der *Byrrgis* dich gehetzt hat. Die anderen übrigens auch. Sie dachten aber, dass dich ein Geiferseuchenbär gebissen und mit der Krankheit angesteckt hat."

„Und du hast das nicht geglaubt?"

„Ehrlich gesagt, war ich mir nicht sicher. Es gab nicht genug Beweise, das sagte ich ja bereits. Aber ich habe den Milchgeruch aufgefangen – von längst vergangener Milch."

Diese Wölfin musste einen unglaublich scharfen Geruchssinn haben. „Wenn du den Geruch meiner zweiten Milchmutter aufgefangen hast, wie konntest du dann glauben, dass sie mich je beißen würde? Ich war wie Donnerherz' eigenes Junges. Selbst wenn sie rasend von der Geiferseuche gewesen wäre, hätte sie mich niemals gebissen", sagte Faolan.

Die Sark legte den Kopf schief und ihr weghuschendes Auge stand auf einmal still. Sie schaute nicht Faolan an, sondern auf den Boden. „Oh“, wisperte sie müde, „du ahnst ja nicht, wozu eine Milchgeberin fähig ist.“

„Wie meinst du das?“

Die Sark überlegte eine halbe Ewigkeit, dann drehte sie langsam den Kopf zur hinteren Höhlenwand um, wo die tiefsten Schatten sich sammelten und einige ihrer Erinnerungstöpfe in den Nischen thronten.

Faolan beobachtete sie neugierig, aber sie merkte es nicht.

„Was sind das für Dinger?“, fragte er.

Die Sark drehte den Kopf herum, sodass ihr weghuschendes Auge auf die Krüge gerichtet war und das andere auf Faolan. „Das sind meine Erinnerungskrüge.“

„Deine Erinnerungskrüge? Hast du auch welche von den *Gaddernag*, diesen Knochennager-Wettkämpfen?“

„Nein. Warum fragst du?“

„Weil bald einer abgehalten wird – wenn der Mond der Singenden Gräser kommt.“

„Der wird nie kommen.“ Die Sark schüttelte müde den Kopf.

„Was willst du damit sagen?“

„Dass mit dem Wetter in letzter Zeit etwas *cag mag* ist. Und mit den Jahreszeiten. Ich komme nur nicht dahinter, was es ist." Sie seufzte. „Dann soll also wieder ein *Gaddernag* stattfinden? Der letzte ist schon eine Weile her."

„Ja, und das könnte meine Chance sein." Faolan zögerte. Er wagte nicht, hinzuzufügen, was Duncan MacDuncan ihm gesagt hatte.

„Deine Chance? Wofür?"

„Von hier wegzukommen. Ein Wolf der Garde zu werden. Ich hatte gehofft, dass du vielleicht ein paar Ratschläge für mich hast, die mir weiterhelfen."

„Da musst du mir schon einen besseren Grund nennen, mein Lieber."

„Warum? Wie meinst du das?"

„So wie ich es gesagt habe. Einfach weglaufen ist ein dummer Grund. Wo willst du hin? Nein, dafür stecke ich meine Schnauze nicht in einen Topf." Sie hob eine Pfote und tippte sich an die Stirn. „Das hab ich alles hier drin, in meiner guten alten Birne. Außerdem warst du jetzt lange genug in meinem Bau. Du musst gehen, bevor sie aufwacht. Es wäre zu schmerzlich für sie, wenn sie ihr Junges an dir riecht."

„Ja, gut", erwiderte Faolan. Er stand auf und dachte wieder an seine beiden Milchgeberinnen.

Donnerherz würde er auf dieser Erde nicht mehr begegnen. Er würde sie erst wiedersehen, wenn er starb und sich zu dem Ort aufmachte, den die Bären „Ursulana“ und die Wölfe „Höhle der Seelen“ nannten. Aber seine richtige Wolfsmutter oder sein Wolfsvater waren vielleicht noch am Leben.

Die Sark konnte anscheinend Gedanken lesen. Mit einem tiefen Knurren sagte sie: „Tu das nicht, Faolan. Versuch nicht, deine Mutter zu finden. Sie wird dich sowieso nicht erkennen. Und wie wird es dir dann erst gehen?“

„Ach, sie erkennt mich schon. Ganz bestimmt“, erwiderte Faolan mit unerschütterlicher Gewissheit. „Ihr Herz wird es ihr sagen, wenn sie mich sieht.“ Er hob die Vorderpfote und drückte sie in die Erde. Und wieder einmal hinterließ die gespreizte Pfote den Abdruck mit dem seltsamen Spiralmuster.

Ein schreckliches Verbrechen

Der Wind war gegen sie. Er tanzte irgendwie aus der Reihe, wie so oft im Mond des ersten Schnees. Gwynneth, Eulenschmiedin und Tochter des verstorbenen Gwyndor, hatte die halbe Nacht gegen diesen Wind angekämpft, um nach Norden zum Kreis der Heiligen Vulkane zu kommen. Wie immer um diese Jahreszeit brachen die Vulkane aus. Gwynneth konnte jetzt „Rumser" sammeln, wie das alte Schmiedewort für die Glutbröckchen lautete, die am heißesten brannten. Die mit dem blauen Kern in der Mitte, der von Grün umhüllt war.

Gwynneth hatte sich vorgenommen, schon früh in diesem Schneemond zu den Vulkanen zu fliegen, um den Eulen aus den Ga'Hoole-Reichen im Süden zuvorzukommen. Sie hatte einen Umweg genommen, weil sie nicht ständig in den widrigen Gegenwinden absacken wollte.

Ein Aufwind mit etwas wärmerer Luft kam aus dem Nirgendwo und verschaffte ihr eine kurze Atempause im Kampf gegen die launischen Winde. Endlich konnte sie mühelos dahingleiten. Ihre strapazierten Flügel brauchten dringend eine Erholung, doch mitten im Gleitflug fing sie einen dünnen Geräuschfaden auf. Was war das nur? Es klang irgendwie merkwürdig. Und beängstigend. Ein ganz schwaches, hohes Winseln. Gwynneth neigte den Kopf mal auf die eine, dann wieder auf die andere Seite. Als Maskenschleiereule gehörte sie zur Familie der Schleiereulen, die für ihr feines Gehör berühmt waren. Da ihre Ohrenschlitze seitlich versetzt angeordnet waren, konnte sie die winzigsten Geräuschspuren auffangen. Und dank ihres dehnbaren Gesichtsschleiers konnte sie sich auf nur eine bestimmte Geräuschquelle einstellen.

Das Maunzen steigerte sich zu einem markerschütternden Schrei, gleichzeitig fing Gwynneth einen grässlichen Reißlaut auf. *Großer Glaux! Da wurde ein Welpe ermordet! Von ... von ... von ... einem Wolf?*

Der Mord an einem *Malcadh* war das schlimmste Verbrechen, das ein Wolf begehen konnte. Das wusste Gwynneth. Und sie war sich hundertprozentig sicher, dass der Killer ein Wolf sein musste, denn sie hatte das Geräusch erkannt. Das waren eindeutig Wolfszähne gewesen. Die langen vorderen Fangzähne zerfetzten die Beute und bald hörte Gwynneth das Knirschen der Backenzähne, die wie Klingen arbeiteten und das Fleisch in kleinere Stücke zerteilten. Wegen der dichten Wolkendecke konnte sie nichts sehen, aber sie wusste auch so, was dort geschah. Sie erkannte es an den grässlichen Geräuschen und dem Keuchen des Mörderwolfs.

Gwynneth ließ sich in den sogenannten Todessturz fallen, obwohl es in diesem Fall ein Lebenssturz war, ein Rettungssturz. Wenn sie rechtzeitig unten ankam, konnte sie den kleinen Welpen vielleicht noch retten und den Mörder in die Flucht schlagen. Wenn ... wenn ... wenn ...

Aber es war zu spät. Während Gwynneth durch die Wolkendecke brach, raste der Wolf bereits den Hang hinunter. Als sie endlich auf dem Tafelfelsen landete, war das kleine Wesen tot. Entsetzt starrte sie auf den leblosen Körper. Es war ein winziges Ding, ein Weibchen, kein wirkliches *Malcadh*. „Einfach zu früh geboren", wisperte Gwynneth leise. Der Körper der Kleinen war übel zugerichtet. *Warum hat er sie nicht erstickt?*, dachte sie schaudernd. *So ein schrecklicher Tod!* Der Wolf hatte den kleinen Körper regelrecht zerfleischt. Bis auf die Knochen hatte er gebissen.

Gwynneth wurde so schlecht, dass ihr das Gewölle hochkam. Eulen stießen häufig auf *Malcadh*, die auf ihrer Flugroute ausgesetzt wurden, und fraßen sie.

Gwynneth selbst hatte diese Gewohnheit aufgegeben, als sie in die Hinterlande gezogen war. Aber niemals würde eine Eule ein Wolfsjunges so erbarmungslos zerfleischen. Meist genügte ein kurzer Schnabelhieb in die weiche Stelle im Schädel des Welpen, um ihn rasch zu erlösen. Aber dieser Welpe hier war nicht schnell und schmerzlos gestorben, sondern unter entsetzlichen Qualen.

Oh, dachte sie, *möge das kleine Geschöpf schnell den Weg zur Höhle der Seelen finden*. Das Sternbild des Großen Wolfs war zwar in den nächsten beiden Monden nicht sichtbar, aber der Sternenwolf war gewiss nicht so herzlos, die Seele des *Malcadh* hilflos umherirren zu lassen.

Am liebsten hätte Gwynneth die Überreste der kleinen Wölfin an sich genommen und selbst in die Höhle der Seelen gebracht. Aber das war natürlich Unsinn. Wer hatte je gehört, dass einem Tier eine solche Abkürzung in den Himmel gewährt wurde? Gwynneths Verstand sagte ihr, dass die irdischen Qualen des *Malcadh* ausgestanden waren und ihm nicht in den Tod folgen würden. Mit dem letzten Atemzug, den das winzige Wesen getan hatte, war sein Leidensweg zu Ende. Seine Seele hatte sich schmerzlos vom Körper getrennt. So schmerzlos wie das Unterfell in den Sommermonden ausfiel. Doch als Gwynneth auf das blutige Körperchen schaute, stiegen erneut ein tiefer Schmerz und ein nie gekannter Abscheu in ihr auf. Schon wieder kam ihr das Gewölle hoch, obwohl sie doch gar nichts mehr im Magen hatte. Sie fühlte sich so hohl wie ihre Knochen.

Denk praktisch!, ermahnte sich Gwynneth. Hier konnte sie nichts mehr tun. Und sie hatte noch einen langen Flug zu den Heiligen Vulkanen vor sich. Schließlich wollte sie beim ersten Aufflackern der Lava dort sein. Was blieb ihr auch anderes übrig? Eine Schmiedin ohne zwei Rumser, die sie aneinanderreiben konnte – einfach undenkbar!

Also breitete sie die Flügel aus, um abzuheben – doch dann faltete sie sie wieder zusammen. Mit den hohen, gellenden Schreien, die typisch für eine Schleiereule waren, stimmte sie das Klagelied an, das gesungen wurde, wenn ein Nestling starb.

Glaux segne und bewahre dich, mein Kind.
Lass deine Schmerzen hinter dir
und schwing dich auf in die große Nacht.
Dann schau auf uns herab,
denn wir werden dich immer lieben.
Auch wenn du niemals alt wirst,
sollst du wissen,
dies Lied ist für dich.

Das dunkle Tal

Als Faolan den Pfad der Schande beendet hatte und zum Osthangrudel zurückkehrte, war der Mond der Froststerne bereits am Himmel aufgestiegen.

Endlich war Schnee gefallen. Die Osthänge, die sich vom Krummrücken herabsenkten, wogten wie Schneewolken nieder. Der Krummrücken war in Eis gehüllt und durchschnitt die Schneewehen wie ein Kristallmesser einen wolkenlos blauen Himmel. Der Mond der Froststerne galt als kältester aller winterlichen Hungermonde und die Nerven lagen blank. Im Rudel brachen häufig Streitereien aus. Die Wölfe ließen ihre Wut an den Knochennagern aus. Faolan war schon ganz wund von den vielen Bissen und Hieben, die er einstecken musste. Wenn die Wölfe auf der Jagd eine Beute erlegten, war das Tier meist so winterdünn, dass kein Fleisch für die Knochennager übrig blieb.

An diesem Frosttag hatte der *Byrrgis* einen Rothirsch zur Strecke gebracht. Als die Rudelwölfe sich satt gefressen hatten, warfen sie den Pansen, den ersten Magen des Wilds, samt Inhalt aus unverdauten Gräsern und Flechten den Knochennagern hin.

Die höherrangigen Wölfe verschmähten den Pansen mit dem faserigen Mageninhalt, aber Faolan war an diese Nahrung gewöhnt. Als Welpe hatte er unter Donnerherz' Anleitung im Vorfrühling Zwiebelknollen ausgegraben, und was sonst noch aus der frostharten Erde spross. Donnerherz hatte die Knollen für ihn gründlich durchgekaut. Besonders zähe Wurzeln hatte sie oft im Ganzen verschlungen, um sie dann für Faolan wieder heraufzuwürgen, so wie Wolfseltern es für ihre Welpen tun. Und das, sagte sich Faolan, konnte er auch selbst. Er zerkaute die halb verdauten Pflanzen des Pansens zu einem feinen Brei und schluckte sie hinunter.

Pflanzennahrung war für normale Wölfe ungenießbar. Ein Knochennager, dem ein Pansen zugeworfen wurde, konnte nur die Magenwand fressen und musste die Pflanzenfasern übrig lassen. Aber Faolan fraß alles auf. Deshalb blieb sein Fell glänzend und er wirkte kaum dünner als zuvor. Den anderen Wölfen wurde er dadurch noch unheimlicher.

Seit dem Tag, an dem Faolan von der Sark zurückgekommen war, quälten ihn Träume von seiner ersten Milchgeberin. Tausend Fragen gingen ihm durch den Kopf. Hatte er Geschwister? Und wenn ja, waren sie normal und hatten überlebt? Und wo waren sie jetzt? Nach den Gesetzen des Clans hätten sie beim Rudel bleiben und von einer anderen Wölfin gesäugt werden können, die genug Milch hatte. Waren sie ihm ähnlich, abgesehen von seiner gespreizten Pfote natürlich?

Faolan grübelte und grübelte, während er sein Bestes gab, um ein pflichtbewusster Knochennager zu werden. Er nahm die Hiebe mit dem gebührenden Winseln hin und spulte die Unterwerfungsrituale so perfekt ab, als hätte er sie sich ins eigene Mark geritzt und nicht nur in die Knochen, die er mühsam benagen musste. Am häufigsten beschäftigte ihn die Frage, wohin seine Eltern gegangen waren. Und je angestrengter er darüber nachdachte, desto mehr verflüchtigten sich die Antworten. Es war, als ob er durch ein tiefes Schattental purzelte.

Er ahnte nichts von der Wölfin, die weit weg im Gebiet der MacDonegal lebte. Eines Abends, in der letzten Mondsichel des zweiten Hungermondes, wehte ihr ein Geruch entgegen, den sie vor fast einem Jahr am Schädel eines Bären aufgefangen hatte. Sobald ihr dieser Geruch in die Nase gestiegen war, hatte das Vergessen aufgehört. Es war wie im Frühjahr, wenn das aufbrechende Eis die nackte, rohe Erde freigab. Plötzlich war sie schutzlos ihren Erinnerungen und Gefühlen ausgeliefert, die lange unter dem starren Schneemantel des Winters eingesperrt gewesen waren. Die Schranken, die sich wie ein unsichtbares Narbengewebe tief in ihrem Inneren aufgebaut hatten, wurden einfach weggefegt. Und die Erinnerungen kehrten mit Macht zurück. *Er war silbern, mein einziger silberner Sohn.*

In keinem ihrer anderen Würfe war ein Welpe mit silbernem Fell gewesen. Nur damals, als sie drei Junge zur Welt gebracht hatte – zwei lohfarbene Weibchen und das silberne Männchen mit der gespreizten Pfote. In der kurzen Zeit, die Morag vergönnt war, bis die Obea sie aufstöberte, hatte sie den Kleinen gewärmt und gesäugt und ihre Nase tief in sein flauschiges Fell gesteckt. Selbst jetzt war dieses Gefühl noch lebendig in ihr. Wie schön sein Fell gewesen war! Absolut einzigartig. Als seien die Sterne vom Himmel gefallen und hätten ihm das Fell aufgewirbelt. Wäre er ihr geblieben, hätte sie ihn nach einem Sternbild benannt. Vielleicht nach Skaarsgard, dem springenden Wolf, der kleine Wolfswelpen auffing, wenn sie auf dem Weg zur Höhle der Seelen von der Sternenleiter purzelten.

Das Grau des Vergessens hatte sich bei Morag verändert. Es wurde wieder schwärzer. Doch die Dunkelheit breitete sich nicht nur in ihrer Gebärmutter aus, sondern auch in ihrem Kopf.

In der Zeit des Vergessens hatte Morag einfach weitergelebt und getan, was von einer *Malcadh*-Mutter erwartet wurde. Sie hatte sich einen neuen Clan und einen neuen Gefährten gesucht. Bald darauf hatte sie einen neuen Wurf zur Welt gebracht, drei gesunde Welpen mit rötlichem Fell. Sie war eine gute Außenflankerin geworden. Und obwohl ihre Beine noch stark waren und sie über lange Strecken pfeilschnell rennen konnte, trübte diese Dunkelheit jetzt manchmal ihre Sicht.

So wie beim letzten *Byrrgis*. Die Spitzenwölfin hatte das Zeichen zum Angriff gegeben. Morag war ausgeschert und zu den Außenflankerinnen geschossen, um ihre übliche Position einzunehmen. Wie eine Sturmwolke, die sich am Horizont erhob, brach die Moschusochsenherde über sie herein. Morag und die anderen Außenflankerinnen sollten die Herde nach Osten abdrängen, der aufgehenden Sonne entgegen, die die Beute blenden sollte. Aber Morag war jetzt schon geblendet. Die Herde, die sie nur als Staubwolke wahrnahm, blieb auch aus der Nähe verschwommen. Es war, als versinke sie im Nebel. Wie sollte sie da jemals das schwächste Tier ausmachen, das von der Herde getrennt werden musste? Das war immer ihre Stärke gewesen. Morag konnte in vollem Lauf dahinsausen und trotzdem die Herde blitzschnell nach einem *Cailleach* absuchen, einem altersschwachen Tier, das bald sterben würde. Moschusochsen waren langsam im Vergleich zu Rentieren oder Rotwild. Sie hätte das *Cailleach* mühelos erkennen müssen. Doch plötzlich stolperte Morag und im nächsten Moment lag sie am Boden. Sie spürte, wie die *Byrrgis*-Jäger an ihr vorbeistrichen. *Großer Lupus, ich bin gestürzt!* In diesem Moment wusste sie, dass ihr Leben als Außenflankerin zu Ende war.

Rothirschjagd

Mairie strich an der Westflanke einer großen Rothirschherde entlang. Es war eine neue Chance für sie, sich ihre Position zu verdienen. Lupus sei gepriesen, der Knochennager schien seine Lektion gelernt zu haben. Er lief ein gutes Stück hinter ihr, aber sie würde sich jetzt nicht nach ihm umsehen. Wieder einmal war sie ausgewählt worden, mit dem Osthangrudel, dem Flussrudel und dem Blaufelsrudel zu jagen. Diesmal waren Alastrine und Stellana vom Carreg-Gaer-Rudel abkommandiert worden, um Mairie zu begleiten. Mairie stand unter scharfer Beobachtung und konnte sich keinen Fehler leisten. Wenn dieser verfluchte Knochennager sich wieder aufspielte, würde sie ihm höchstpersönlich ihre Zähne in die empfindlichste Stelle seiner Schnauze hauen. Und zwar mit dem größten Vergnügen.

Im Augenblick jagten sie die Herde durch ein Gebiet, das Yellow Springs oder Gelbquellen genannt wurde. Gerade war ein Signal durch den *Byrrgis* gelaufen, dass sie mit dem Zangenmanöver beginnen sollten. Die Herde musste leicht gewendet und dann getrennt werden. Es war ein riskantes Manöver. Aber bei einer so großen Herde blieb ihnen keine andere Wahl. Nur so konnten sie die schwachen Tiere ausmachen, die so lange wie möglich in der Mitte der Herde blieben. Faolan sah Stellana dicht bei Mairie. Die Wölfin übermittelte ein paar Signale und innerhalb von Sekunden hatte Mairie ein *Cailleach* entdeckt. Jetzt war Faolan an der Reihe. Er musste näher kommen, um jeden Urin- oder Kotgeruch aufzunehmen, der ihm nicht gesund erschien.

Was für eine elende Arbeit, dachte er und schaute neidvoll zu, wie Mairie zu dem *Cailleach* vorpreschte. Dann bremste die Außenflankerin ihr Tempo zu einem lockeren Lauf herab, als hätte sie das Interesse verloren. Die Rothirsche würden jetzt ebenfalls langsamer werden, aber Mairie würde nur zu bald mit Stellana und einer anderen Außenflankerin zurückkommen.

Faolan hatte dieselbe Jagdstrategie angewandt, als er im Vorjahr ein Rentier zur Strecke gebracht hatte. Nur hatte es keine Signale gegeben, die zwischen den Jägern hin- und hergingen, und keine Außenflankerinnen, die ihm halfen, das Tier in die Zange zu nehmen. Er hatte alles allein gemacht.

Die Endphase der Jagd begann. Sie hatten das alte *Cailleach*, eine Hirschkuh, umzingelt. Verwirrt stand sie da und starrte auf die Blutfontänen, die aus den Wunden in ihren Flanken schossen. Die Verletzungen reichten aus, um die Hirschkuh aufzuhalten, aber nicht, um sie zu töten. Dazu mussten sie an ihren Hals herankommen und die lebenswichtige Schlagader durchtrennen. Mairie und die anderen Außenflankerinnen ließen sich zurückfallen. Ihre Arbeit war getan. Ein paar von den großen Rüden umzingelten jetzt die Beute und griffen sie abwechselnd an. Aber die Hirschkuh bäumte sich auf und traf einen von ihnen mit den Hufen.

„Die hat Nerven!", murrte Heep.

„Ja, unfassbar!", stimmte der Pfeifer mit der verknoteten Kehle zu und es klang wie ein hohles Ächzen.

Der Pfeifer sprach Faolan aus dem Herzen. Woher nahm dieses alte Weibchen den Kampfgeist, sich aufzubäumen und mit den Hufen nach ihren Angreifern – vier riesigen Wölfen – zu schlagen?

„Das *Cailleach* hat einen kühnen Geist", fuhr der Pfeifer fort.

„Möge ihr Geist bald den Körper verlassen, damit unsere großartigen Oberhäupter nicht allzu sehr ermüden", schleimte Heep lautstark.

Der Pfeifer warf ihm einen verächtlichen Blick zu. „Ach, halt den Mund und steck deine Nase in Moschusochsenkacke."

Faolan wollte schon loslachen, aber das Lachen blieb ihm in der Kehle stecken, als Heep vor dem Pfeifer in die Knie sank.

„Oh, mein lieber Pfeifer, ich bitte dich untertänigst um Verzeihung." Heeps spitze Nüstern zogen sich angstvoll zusammen, während er eine Gesichtshälfte im Dreck wälzte. „Niemals würde ich mir erlauben, mich über dieses großartige, würdige Tier zu erheben, das stirbt, um unsere verehrten Oberhäupter am Leben zu erhalten. Falls mir eine Respektlosigkeit unterlaufen sein sollte, so bitte ich in aller Demut um Vergebung. Denn nur dank des nahrhaften Fleisches dieser edlen Hirschkuh werden unsere Anführer, unsere heldenhaften Oberhäupter, und unser ruhmreiches Rudel gedeihen."

Aber der Pfeifer trottete bereits davon, um sich einen besseren Blick auf das bevorstehende Ende der tapferen Rothirschkuh zu verschaffen.

Faolan hatte fassungslos zugehört, wie Heep sich vor dem Pfeifer erniedrigte. Nicht nur das abstoßende Kriechertum des gelben Wolfs sträubte ihm das Fell. Er spürte auch etwas zutiefst Falsches darin. Heep bereute seine Respektlosigkeit nicht, das stand fest. Dieser Wolf war auf eine heimtückische Art verletzend, denn die Kränkung, für die er sich entschuldigte, kam als Unterwürfigkeit getarnt zur Hintertür wieder herein. Wie eine Verhöhnung des *Lochinvyrr* erschien es Faolan. Beim *Lochinvyrr* wurde nie gesprochen. Der Dank musste einfach und schweigend erfolgen, mit tiefer Empfindung, um den Wert des geopferten Lebens nicht zu schmälern.

Faolan wandte sich ab und ging zu den Jägern, die das *Cailleach* umzingelten. Alle waren jetzt verstummt. Kein Bellen oder fröhliches Japsen war zu hören. Tiefe, respektvolle Stille breitete sich aus. Der Hauptmann war in einer Haltung vollkommener Unterwerfung in die Knie gesunken. Er schaute dem sterbenden Tier direkt in die Augen, denn dies hier war der Moment der Wahrheit. Als das Ritual vollzogen war, erhob er sich und zerfetzte ohne ein weiteres Wort den Bauch der Hirschkuh, um mit der Fleischverteilung zu beginnen.

Faolan stand im Schatten des kargen Birkenwäldchens und verfolgte die Fleischverteilung. Als Erstes fraßen die Anführer des Rudels, dann kamen die Hauptleute des *Byrrgis* und die Außenflankerinnen an die Reihe. Mairie wurde als Erste aufgerufen, denn sie hatte eine wichtige Rolle beim Zangenmanöver gespielt. Lautes Johlen und Heulen stieg auf, als sie vortrat, um ihren Anteil an der fetten, nahrhaften Leber in Empfang zu nehmen. Wie üblich, wenn eine junge Wölfin sich zum ersten Mal bewährt hatte, warfen sich die anderen Außenflankerinnen auf sie und rieben ihren Kopf und ihr Gesicht mit dem dicken Leberblut ein. Als Mairie sich erhob, war ihr lohfarbenes Gesicht mit einer roten Maske bedeckt, aus der ihre tiefgrünen Augen leuchteten.

„Ein Rothirsch für einen Rotwolf!", bellte jemand. Das Geheul würde die ganze Nacht andauern, denn die Beute war fetter, als sie erwartet hatten. Der Geruch von Blut, zerfleischtem Muskelgewebe, zerfetzten Eingeweiden und abgenagten frischen Knochen erfüllte die Luft. Mitten in diesem Fressrausch trat Mairie plötzlich zu Faolan in das Birkenwäldchen.

„Hier", sagte sie und warf ihm einen Knochen zu, den Oberschenkelknochen aus einem Hinterbein. „Heute hast du deine Arbeit gut gemacht. Es wäre mir eine Ehre, wenn du die Geschichte dieses *Byrrgis* hineinritzen würdest, in dem ich zum ersten Mal als Außenflankerin eine Beute zur Strecke gebracht habe. Du könntest sie …" Mairie senkte beinahe beschämt den Blick, „vielleicht ‚Mairies Rothirschjagd bei den Gelbquellen' nennen."

„Ja, mal sehen", erwiderte Faolan. Es war das einzige Vorrecht eines Knochennagers, den Bericht, den er in einen Knochen schnitzte, selbst zu benennen. Heep hatte Faolans Knochen der Schande „Verbrechen und Sühne des Knochennagers Faolan“ genannt. Und als sei das noch nicht demütigend genug, hatte er einen Untertitel hinzugefügt: „Eines Knochennagers unerhörter Verstoß gegen die *Byrrgnock*-Gesetze.“

Mairie schaute Faolan aus ihrem blutverschmierten Gesicht an. „Ich wollte nur sagen, dass ... na ja ... ich bin froh, dass du mir diesmal meine Chance gelassen hast. Obwohl du wirklich schnell bist ...“ Erneut hielt sie inne. „Für einen Rüden, meine ich. Also, danke.“ Damit wandte sie sich um und ging.

„Na, so was. Danke, hat sie gesagt. Und dass ich schnell bin – für einen Rüden! Urskadamus!“, brummte Faolan vor sich hin. *Zu gütig von Mairie.* Aber falls sie geglaubt hatte, dass er sich vor Dankbarkeit im Staub wälzen würde, wie Heep es vermutlich getan hätte, war sie auf dem Holzweg. *Du beschämst mich mit deiner überströmenden Dankbarkeit, geschätzte Mairie. Das ist eine viel zu große Ehre für einen niedrigen Knochennager wie mich ...*

Ein winziger Knochen

Der untergehende Mond glühte tiefrot auf, als wäre er in das Blut des *Cailleach* getaucht worden, bevor er hinter dem westlichen Horizont versank. Die Sterne kamen hervor und die erste Pfote des Großen Wolfs zeigte sich langsam wieder am Nachthimmel. Für die Clans der Hinterlande war das immer ein Grund zum Feiern. Im zweiten Frühlingsmond, dem Mond der Singenden Gräser, sollte der *Gaddernag* abgehalten werden. Doch als Faolan sich auf den Weg zu dem *Tummfraw* auf dem Hügelkamm machte, dachte er nicht an den Wettkampf. Er hatte nur eines im Sinn: die Knochen der kleinen lohfarbenen Wölfin zu finden.

Sein Plan war, einen *Drumlyn* zu Ehren des Welpen zu bauen. Wenn er genug Knöchelchen fand, würde er sie nehmen und zu einem Haufen aufschichten. Von dort konnte der Geist des Welpenmädchens auf die erste Sprosse der Sternenleiter springen und zur Höhle der Seelen laufen.

Faolan stieg bis zu dem Tafelfelsen hinauf, auf dem die Kleine ausgesetzt worden war. Er blickte sich ein wenig um, dann fiel ihm plötzlich ein, dass die winzigen Knochen, sofern sie zurückgelassen worden waren, den Hang hinabgerollt sein mussten. Es hatte nicht geschneit, aber er erinnerte sich, dass ein heftiger Regen gefallen war, gleich nachdem er das sterbende Welpenmädchen zurückgelassen hatte.

Faolan spähte die Halde hinunter und überlegte, wo die Knochen hingewandert sein könnten. Der Winter war kalt gewesen, aber schwere Schneefälle hatte es nicht gegeben. Am Ende des letzten Wintermondes hatte es sogar noch mehr geregnet. Folglich musste er in den Rinnen, die der Regen hinterlassen hatte, nach den Knochen Ausschau halten.

Er suchte die halbe Nacht lang, bis der Himmel bereits wieder heller zu werden begann. Erst als der Horizont in dunstigem Rosa erglühte, entdeckte er etwas blendend Weißes, das aus dem Boden ragte. Behutsam grub er es mit den Pfoten aus, fasste den Knochen nur mit den Lippen und zog ihn aus dem Boden. Er legte ihn ab und betrachtete ihn. War das vielleicht eine winzige Rippe? Bei genauerem Hinsehen bemerkte er tiefe Einschnitte, die ihn bis ins Mark erschauern ließen. Ein leises Knurren stieg aus seiner Kehle, ein Knurren der Angst und Wut.

Mit gesträubtem Nackenfell saß er da. Der Räuber, der das Leben dieses Welpen genommen hatte, war mit roher Gewalt vorgegangen. Der Knochen war an der Oberfläche mit zahllosen wilden Bissspuren verunziert. Von welchem Tier sie stammten, war kaum zu erkennen. Aber das war nicht mehr wichtig. Hauptsache, er hatte den Knochen gefunden. Er würde ihn an einem sicheren Ort verstecken und später zurückkommen, um nach den restlichen Knochen zu suchen.

Er brauchte auch nicht lange zu überlegen, wo er den Knochen lassen konnte: bei Donnerherz' Pfotenknochen natürlich. Es war ein tröstlicher Gedanke, dass die winzige Rippe bei seiner Milchmutter ruhte. Er würde sich sofort auf den Weg machen. Endlich hatte er die Gewissheit, dass das kleine Wesen seine irdischen Leiden hinter sich gelassen hatte. Obwohl der Gedanke an den gewaltsamen Tod, den es erlitten hatte, wie ein dunkler Schatten über ihm hing. Aber jetzt, da der Sternenwolf zurückkehrte, konnte die kleine Wölfin endlich die Sternenleiter zur Höhle der Seelen hinaufklettern. Faolan war nun noch fester entschlossen, zu der Halde unter dem Tafelfelsen zurückzukehren, um noch mehr von ihren Knochen zu finden. Ja, von *ihren* Knochen. Für Faolan war das kleine Wesen kein „es“ wie für die Sark, die immer „es“ sagte, wenn sie von einem *Malcadh* sprach.

Am folgenden Abend kehrte er auf den Bergrücken zurück. Als er zu der Halde kam, spürte er ein anderes Tier in der Nähe, wenn auch nur schwach. Er hob die Nase in den Wind, konnte aber keinen Geruch ausmachen. Vielleicht waren Wölfe in der Gegend, denn der Ort lag nicht weit vom Feuergrasrudel entfernt. Wahrscheinlich Jäger, die der anderen Hälfte der Rothirschherde nachspürten.

Es war ein dunkler, mondloser Abend. Kein Licht am Himmel warf Schatten und trotzdem spürte Faolan überall Schatten um sich herum. Wie konnte er nur so schreckhaft sein? *Ich werde langsam genauso abergläubisch wie diese Rudelwölfe*, schimpfte er vor sich hin und machte sich an die Arbeit.

Er fand mehrere Knochen von dem kleinen Welpenmädchen, alle mit tiefen Bissspuren. Trotz dieser grässlichen Verstümmelung war einer der Knochen besonders schön geformt und schrie geradezu danach, die kurze Geschichte der Wölfin aufzunehmen. Und so begann Faolan mit der Schnitzarbeit. Er war noch nicht weit gekommen, als ihn ein mulmiges Gefühl überkam.

Ich kann das jetzt noch nicht, dachte er. Die Geschichte des kleinen Wesens war noch nicht abgeschlossen. Plötzlich erschien es ihm falsch, sie einzuritzen, fast als zerstörte die rohe Gewalt, die diesem

Knochen zugefügt worden war, die Wärme und Schönheit seiner Zeichen. Er musste aufhören.

Er suchte weiter und fand noch ein paar Knochen, zu viele, um alle auf einmal zu Donnerherz' Pfote zu tragen. Er würde die Hälfte davon hinbringen und wenn er zurückkam, war er vielleicht in einer besseren Stimmung und konnte die Schnitzerei beenden.

Doch als er zurückkam, war der teilweise benagte Knochen verschwunden. Ein Schauder lief durch seinen Körper. Hatte ein anderes Tier ihn hier gesehen? Und warum sollte es gerade diesen Knochen wegnehmen, und nicht die anderen, die er zurückgelassen hatte?

Nachdenklich kehrte Faolan zu seinem Clan zurück, in dem der wilde Rausch von der Jagd vor zwei Tagen noch nicht verebbt war. Der Blutgeruch war allerdings etwas verblasst. Mehrere Knochenhaufen lagen bereit und warteten darauf, von den Knochennagern bearbeitet zu werden. Faolan nahm sich den Schenkelknochen vor, den Mairie ihm überreicht hatte.

Der Mond der Froststerne war jetzt ganz verschwunden und die erste dünne Sichel des Eisbruchmondes stieg am Himmel auf. Alastrine stimmte in den Gesang von Greer mit ein, der *Skrielin* des Flussrudels, die das Aufgehen des ersten Frühlingsmondes in die Nacht hinausheulte. Auf diese Weise feierten sie das Ende der winterlichen Hungermonde.

Im tiefsten Nachtdunkel ging ein wahrer Platzregen nieder. Am Himmel zuckte ein Heer von Blitzen auf, die wie Hunderte winziger weißer Knochensplitter aussahen.

Die beiden *Skrielin* heulten das *Ceilidh fyre*, den Tanz des Himmelsfeuers. Heute Nacht trugen sie Skaarsgards Geschichte vor, die Geschichte des Springenden Wolfs, der den kleinen Welpen die Sternenleiter hinaufhalf. Faolan nahm es als Zeichen, dass das winzige Wolfsmädchen auf dem Weg dorthin war. Wenn er Recht hatte, würde alles gut werden. Er konnte friedlich einschlafen und von dem Wolfsmädchen träumen, das in der Höhle der Seelen mit seinen Freunden spielte.

Aber die *Skrielin* erzählten die Geschichte von einem dickköpfigen kleinen Welpen, der immer wieder die Leiter hinuntersprang. Es war ein beliebtes Motiv, eine Ruf- und Antwort-Geschichte. Der kleine Welpe war jedoch kein *Malcadh*, sondern einfach so gestorben. Alastrine sang den Part von Skaarsgard, Greer den Part des kleinen Welpen.

Skaarsgard ruft: „Warum gehst du, kleiner Welpe, kleiner Welpe?“

Und der kleine Welpe antwortet: „Ich gehe das Fleisch des Fuchses fressen, den meine Mama im nächsten Frühjahr fangen wird."

Skaarsgard ruft: „Du brauchst kein Fleisch in der Höhle der Seelen, kleiner Welpe, kleiner Welpe."

Darauf der Welpe: „Aber ich habe noch nicht die Lachse gekostet, die im Fluss schwimmen."

Skaarsgard ruft: „Aber du hast deine Zähne zurückgelassen, kleiner Welpe. Du bist ein Geist, so frei, so frei. Deine Seele ist zum Himmel aufgestiegen, kleiner Welpe. Lass deine Fleischträume hinter dir, kleiner Welpe, kleiner Welpe."

Da antwortet der kleine Welpe: „Wie soll ich träumen, wenn ich noch nie Fleisch geschmeckt habe? Lass mich fressen, lass mich fressen."

Skaarsgard ruft: „Aber du wirst nicht verhungern, weil du keinen Hunger hast. Du hast keine Zähne und keinen Magen. Du bist eine Seele auf der Sternenleiter."

Der Welpe antwortet: „Aber ich bin hungrig."

Skaarsgard ruft: „Hungrig wonach, kleiner Welpe, kleiner Welpe?"

„Nach den Träumen, die ich nie haben werde", antwortet der kleine Welpe. „Denn Fleisch werde ich niemals fressen. Und niemals im Fluss schwimmen."

Faolan hatte diese Geschichte zum ersten Mal gehört. Er konnte nicht darüber lachen, so wie die anderen Wölfe. Der friedliche Schlaf, den er sich erhofft hatte, der ihn einhüllen und ihm Träume von den Knochen des *Malcadh* bringen sollte, wollte nicht kommen. Stattdessen quälten ihn Visionen, wie sein kleiner Schützling auf die Erde zurückpurzelte, nicht um das Fleisch eines Fuchses zu fressen oder Lachse im Fluss zu fangen, sondern weil er gerächt werden wollte.

Als Faolan im Morgengrauen erwachte, waren seine Fußpolster feucht und salzverkrustet. Salz vom Nachtschweiß. Böse-Träume-Schweiß. Angstschweiß.

Der Nebel von Morag

Brangwen sah seine Gefährtin Morag steifbeinig aus der großen Höhle kommen, in der sie ihre drei Jährlinge aufgezogen hatten. Die Höhle lag im äußersten Westen des MacDonegal-Gebiets und ihr Rudel nannte sich „Die Tanzenden Riesen“, nach den imposanten Steingebilden, die auf der Hochebene in der Nähe ihrer Baue aufragten. Morag war herausgekommen, um Brecco nachzujagen, dem mittleren Welpen, der einen blutenden Hasen in die Höhle geschleppt hatte. Das verstieß gegen alle Regeln. Brecco war ein geschickter Jäger geworden. Das war gut, aber er benahm sich manchmal unmöglich. Wollte er etwa fremde Räuber mit seiner blutigen Beute in ihre Höhle locken? Tiere, die größer und wilder waren?

Brangwen wäre gern selbst hinter Brecco hergejagt, um ihm einen ordentlichen Knuff gegen die Ohren zu verpassen, aber Morag war ihm zuvorgekommen. „Nein, ich gehe!“, hatte sie schnell gesagt und war aufgesprungen. Brangwen wusste, dass er ihr nicht im Weg stehen durfte. Morag war nicht mehr die Alte, seit sie bei dem Moschusochsen-*Byrrgis* gestolpert war. Wahrscheinlich hatte sie Angst, dass sie fallen könnte, denn sie bewegte sich nur langsam und zögernd wie eine uralte Wölfin. Dieser Wurf hier war vermutlich ihr letzter. Viele Wölfinnen, besonders Außenflankerinnen wie Morag, hatten trotzdem noch viel Jagdgeist in sich.

Brangwen zuckte zusammen, als Morag gegen einen der gewaltigen aufrechten Steine stieß. Brecco warf den Kopf zu seiner Mama herum und sah, wie sie stolperte. Erschrocken riss der Kleine die Augen auf. Sein Blick traf Brangwen bis ins Mark.

Ich darf nicht zu ihr laufen, dachte Brangwen. *Sie muss das allein machen.* Er sah, wie Brecco sich seiner Mutter näherte. Breccos Ohren waren angelegt und sein Schwanz so fest zwischen die Beine geklemmt, dass er fast wie der verhasste gelbe Knochenwolf aus dem Flussrudel des MacDuncan-Clans aussah. Morag fauchte und schalt den Jährling, aber sie knuffte ihn nur halbherzig. Brecco stand ein paar Sekunden nur da, als wollte er sie auffordern, ihn noch einmal zu knuffen. Aber Morag wandte sich ab und stakste in die Höhle zurück.

Wortlos drehte sie sich zweimal im Kreis, dann ließ sie sich auf ein Rentierfell sinken. Ihre Lider waren halb geschlossen, sodass nur zwei schmale grüne Schlitze zu sehen waren. Brangwen erschrak, weil das Grün nicht so hell und klar wie früher war. Ein seltsamer, dünner Schleier lag darüber. Leise legte er sich auf ein anderes Fell neben sie.

Um diese Jahreszeit flutete die Sonne direkt in die Höhle, bis sie hinter dem Horizont versank. Als die blassvioletten Schatten der Dämmerung in die Höhle sickerten, glaubte Brangwen, dass seine Gefährtin eingeschlafen sei. Doch das war ein Irrtum. Morag dachte darüber nach, wie sie mit dem Zwielicht, das immer mehr in ihr hochkroch, zurechtkommen sollte. Aber vor allem überlegte sie, was sie Brangwen erzählen musste.

Es hatte schon lange vor dem Stolpern im *Byrrgis* begonnen. Schon damals, als die Welpen noch in der Wurfhöhle hausten und Morag fortgegangen war, um einen neuen Bau für sie zu suchen. Sie war weiter gewandert, als sie vorgehabt hatte, denn plötzlich lag das Gebiet der MacDonegal hinter ihr und sie hatte den großen Fluss durchquert. Aber es war so schön gewesen, einfach nur umherzustreifen, nachdem sie so lange mit diesen unbändigen Welpen eingesperrt gewesen war. Morag hatte der Versuchung einfach nicht widerstehen können.

Kurz nachdem sie den Fluss durchquert hatte, war

sie auf den Schädel eines Grizzlybären gestoßen – und im nächsten Moment hatte sie ein schwacher Geruch angeweht, den sie sofort als den Geruch ihres schönen silbernen Jungen mit den Sternen im Fell wiedererkannt hatte.

Von da an hatte sich die Dunkelheit in ihr ausgebreitet. Sie verstand nicht, warum die Erinnerung ihre Sicht trübte, und zu allem Übel hatte sie Brangwen nie von ihrem Leben im MacDuncan-Clan erzählt. Das Vergessen hatte damals noch voll gewirkt. Sie hatte keine Erinnerung mehr an den silbernen Welpen oder seine Geschwister gehabt, als sie ihrem neuen Gefährten begegnet war.

Das Vergessen hatte gewirkt. Unablässig gingen ihr diese Worte im Kopf herum. *Gewirkt. Gewirkt. Gewirkt.* Morag hatte so oft darüber nachgedacht, wie sie es ihrem Gefährten sagen sollte. Jedes Wort hatte sie sich überlegt, aber jetzt begann sie einfach zu reden.

„Brangwen“, sagte sie leise. Ihr Gefährte schreckte hoch, denn er hatte nach wie vor geglaubt, dass sie schlief. „Das Vergessen hat aufgehört.“

„Was? Wovon redest du? Was für ein Vergessen?“

Morag hätte wissen müssen, dass männliche Wölfe darüber nicht so gut Bescheid wussten wie weibliche, auch nicht die Väter von *Malcadh*. Erschöpft kniff sie die Augen zusammen. Seit sie auf den Grizzly gestoßen war, schien es ihr manchmal, als könne sie mit geschlossenen Augen besser sehen. „Brangwen, du musst mir glauben, dass ich keine doppelzüngige Wölfin bin. Ich habe dich nie belogen."

„Nein, natürlich nicht. Wie kannst du so etwas nur denken, Morag?"

Dann erzählte sie ihm, was ihr zugestoßen war, vor ihrer gemeinsamen Zeit, als sie das silberfarbene *Malcadh* geboren hatte.

„Ein *Malcadh*", wisperte Brangwen ungläubig. „Aber unsere Welpen sind doch kerngesund!"

„Weil wir beide, du und ich, mit guten Welpen gesegnet wurden", erwiderte sie leise.

„Ja, das ist richtig." Brangwen rückte näher an seine Gefährtin heran und leckte ihr das Gesicht. Er schmeckte die dicken öligen Tränen, die aus ihren Augen quollen.

„Ich hätte es dir erzählt, aber das Vergessen, verstehst du … Es hat gewirkt. Es wirkte so gut, bis …"

„Bis du den Geruch deines Sohnes, des silbernen Welpen, aufgefangen hast."

Morag schaute Brangwen mit ihren verschleierten Augen an. Er nannte den Welpen nicht „*Malcadh*". Er sagte auch nicht „es", sondern „dein Sohn". „Oh, Brangwen, du hast ihn meinen Sohn genannt."

„Ja, natürlich. Ich bin zwar kein Weibchen und ich habe nie einen Welpen zur Welt gebracht, geschweige denn, dass mir einer von der Obea fortgenommen und zu einem *Tummfraw* getragen wurde. Aber ich habe ein Herz." Er hielt inne. „Und ich weiß, dass dieser silberne Welpe, dem du nie einen Namen gegeben hast, wie ein leuchtender kleiner Stern in dir brennt."

„Wie ist das möglich? Wie kannst du das alles fühlen?", fragte sie mit zitternder Stimme.

„Wir sind pfotenfest, oder nicht?"

„Ja, das sind wir!", erwiderte Morag aus vollem Herzen.

„Haben wir unser Pfotenfest-Gelübde nicht vor zwei Herbstzeiten im Rentiermond abgelegt?"

„Nein, im Mond der Roten Blätter", sagte Morag. „Ich erinnere mich genau." Im Flüsterton fügte sie hinzu: „Nur zu gut erinnere ich mich. An so vieles ..."

„Wir müssen noch über etwas anderes reden", sagte Brangwen und schmiegte den Kopf dicht an ihr Ohr. „Du musst mir von deinen Augen erzählen. Was ist damit?"

„Die Dunkelheit, die in meiner Gebärmutter war, dort, wo der silberne Welpe heranwuchs, ist zurückgekehrt und hat sich bis in meine Augen ausgebreitet."

„Und jetzt siehst du nur Schwärze. Ist es immer dunkel? Wie in der Nacht?“

„Nein, eher so, als versänke ich in einem Nebel. Und ich sinke schnell.“ Morag hielt inne. „Ich hatte Zeit, darüber nachzudenken, Brangwen. Ich muss zur Sark vom Sumpfmoor gehen.“

Sie spürte, wie sich Brangwens Nackenfell sträubte. Männliche Wölfe fürchteten die Sark viel mehr als weibliche. Die Macht dieser Wölfin verunsicherte sie. Morag war nicht zur Sark gegangen, als sie ihre Welpen verloren hatte. Vielleicht war das ein Fehler gewesen. Es hieß, dass die Sark Tränke braute, die beim Vergessen halfen. Und sie kannte auch Stärkungsmittel, die die Gebärmutter heilten, damit sie aufnahmefähig für einen neuen Wurf wurde. Aber jetzt musste Morag zu ihr gehen, um sich von dem Nebel zu befreien.

„Ich gehe mit dir“, erklärte Brangwen.

„Hast du denn keine Angst vor der Sark?“, fragte Morag.

„Mir macht es mehr Angst, dass du stolpern oder dich verirren könntest.“

„Aber Gerüche fange ich jetzt schneller auf. Meine Nase ist schärfer denn je.“

„Ein Loch im Boden kann man nicht riechen. Auch nicht den Weg zur Sark“, wandte Brangwen ein.

„Wahrscheinlich hast du Recht. Aber was ist mit den Jährlingen? Wer wird auf sie aufpassen?“

„Ihre Tante Daraigh natürlich“, sagte Brangwen.

„Aber Daraigh ist so streng.“

Nicht so streng wie du früher, hätte Brangwen am liebsten geantwortet. Aber er hielt den Mund.

Damit war es beschlossene Sache. Am nächsten Morgen in aller Frühe würden sie zum Sumpfmoor aufbrechen und die Sark aufsuchen.

Gwynneths Magen

Zur selben Zeit, als Morag und ihr Gefährte zum Sumpfmoor aufbrachen, schwang Gwynneth sich von einem Felssims am Kreis der Heiligen Vulkane auf. Ihre Rumser-Ausbeute war fantastisch. Sie war einen ganzen Mond lang dort geblieben. Doch das grässliche Verbrechen, das sie auf dem Hügelkamm beobachtet hatte, steckte ihr noch in den Knochen. Pausenlos musste sie daran denken. Die Todesschreie des *Malcadh* hallten ihr in den Ohren und sie sah sein armes zerfleischtes Körperchen vor sich. Es war wie ein Albtraum aus den dunkelsten Regionen von Hägsmir. Wäre Hamisch, der alte Fengo der Garde, hier gewesen, hätte sie mit ihm darüber gesprochen. Aber es gab jetzt einen neuen Fengo, einen Wolf namens Finbar, dem sie sich nicht nahe fühlte.

Vielleicht sollte ich die Sark vom Sumpfmoor besuchen, dachte sie. Gwynneth war eine Eule – eine Eule mit Rumsern. Die Sark liebte Glut und Gwynneth handelte damit, so wie ihr Vater früher. Außerdem wurde gemunkelt, dass die Sark sich besser mit Eulen verstand als mit ihrer eigenen Art.

Die Sark räumte gerade Töpfe aus ihrem Brennofen, als Gwynneth landete. „Ich habe sehr gute Rumser für Euch, Madame." Die Sark wurde von den Eulen immer mit „Madame" angesprochen. Das schien ihr zu gefallen, sonst hätte sie es ihnen sicher gesagt.

„Auch minderer Güte?"

„Minderer Güte? Was in aller Welt wollt Ihr damit anfangen?"

Die Sark drehte den Kopf herum und warf Gwynneth einen verschmitzten Blick zu. „Ich weiß schon, ihr Glutsammler und Schmiede denkt immer, je heißer, desto besser. Aber meine liebe Gwynneth, du arbeitest ja auch mit Metall. Ich dagegen mit Erde, Lehm und Glasuren – Glasuren aus Knochen, Sand, Borax und anderen Mineralien, die ich aus dem Fluss gewinne und zerstampfe. Das wahre Geheimnis dieser Glasuren ist allerdings nicht die Zusammensetzung, sondern die richtige Temperatur im Brennofen. Und jetzt rate mal, wie ich diese Temperatur erreiche? Mit welcher geheimen Zutat?"

„Na womit denn?"

„Mit Losung."

„Losung?"

„Du kannst es auch Kacke nennen."

„Redest du etwa von Weißpladder oder Schleimpupsern oder etwas in der Art?", fragte Gwynneth fassungslos. Eulen sind stolz auf ihr reinliches Verdauungssystem, auf den „edlen Vorgang", wie manche es zu nennen pflegten.

„Ja, bisweilen auch das. Aber Weißpladder – besonders die von Seemöwen – sind mir zu weit weg." Die Sark bückte sich und kickte einen Haufen getrockneten Elchkot zu Gwynneth.

„Igitt!"

„Ach, hab dich nicht so. Ihr Eulen habt doch keine Nasen. Euer Geruchssinn ist keinen Kackhaufen wert, wenn du mir diesen kleinen Scherz gestattest." Die Sark nahm den Elchkot und formte kleine Fladen daraus. „Diese Elchfladen sind genau richtig, weil sie langsam und stetig brennen. Damit kann ich die prächtigsten Glasuren machen, die du je gesehen hast", erklärte sie und blickte auf. Ihr schielendes Auge hüpfte herum, als führte es ein Eigenleben. Das andere blieb dagegen fest. „Nanu, was ist denn mit dir?", fragte die Sark, während sie Gwynneths Gesicht studierte.

„Wieso? Was soll mit mir sein?"

„Du siehst krank aus … krank wie … nein, nicht wie gekotzte Filzknäuel. Nennt ihr das nicht so, wenn euch das Gewölle hochkommt?" Die Sark wartete keine Antwort ab, sondern nahm die Maskenschleiereule noch schärfer ins Visier.

Großer Glaux, dachte Gwynneth. *Woher weiß sie das?* Diese Wölfin hier war wirklich weise – auf eine Art, die ihresgleichen suchte. Nicht dass die anderen Wölfe dumm waren, beileibe nicht. Aber die Sark erschien ihr wie eine jener Heilerinnen vom Großen Baum, zu denen die Eulen gingen, wenn sie krank waren. Auf jeden Fall hatte es keinen Sinn, der Sark etwas zu verheimlichen. Gwynneth musste mit ihr über die Vorgänge auf dem Hügelkamm sprechen. Allein der Gedanke war eine solche Erleichterung für die Eule, dass ihr prompt das Gewölle hochkam.

„Oh, Verzeihung, Madame. Jetzt ist's mir doch tatsächlich hochgekommen. Das wollte ich nicht."

„Ach, stell dich nicht so an", schnaubte die Sark. Behutsam nahm sie das Gewölle mit ihrem Maul auf und ließ es auf den Elchkot fallen. „Ich hoffe, du hast nichts dagegen."

„Wogegen?"

„Dass ich dein Gewölle verwende. Ich bin mir nämlich fast sicher, dass diese Mischung – wie soll ich sagen – ein echter Knaller im Brennofen sein könnte. Du ahnst ja nicht, wie lange ich schon daran arbeite, eine türkisblaue Mattglasur hinzubekommen."

Gwynneth verstand kein Wort von dem Gerede der Sark, aber da sie beide experimentierfreudige Künstlerinnen waren, sagte sie bereitwillig: „Kein Problem, Madame, bedient Euch nur."

Sobald die Sark den Elchkot und das Gewölle in den Brennofen befördert hatte, drehte sie sich wieder zu Gwynneth um. „Schön, jetzt hast du ein Gewölle ausgewürgt und siehst einen Tick besser aus. Dann komm jetzt herein und erzähl mir, was du auf dem Herzen hast."

Gwynneth folgte der Sark in die Höhle und holte tief Luft.

„Ich bin hier wegen ... eines *Malcadh*."

„Was du nicht sagst ..." Die Sark, die für Gwynneth ein Fell aufgeschüttelt und näher ans Feuer geschoben hatte, drehte sich um. Ihr weghuschendes Auge verharrte. „Seit wann interessieren sich Eulen für ein *Malcadh* ... außer dem Üblichen natürlich?"

Gwynneths Gefieder sträubte sich vor Entrüstung über diesen Kommentar. „Das kann ich dir sagen: Weil ein Wolf sich für das *Malcadh* interessiert hat, bevor Eulen, Füchse oder Elche zum Zug kommen konnten", fauchte sie.

Das Nackenfell der Sark, das sowieso schon ziemlich zottig war, sträubte sich, als sei es in einen Wirbelsturm geraten. „Was sagst du da? Ist etwa die Mutter zurückgekommen?“

„Nein, nicht die Mutter. Das arme kleine Wesen wurde auch nicht zur Beute für ein anderes Tier. Es wurde nicht gefressen.“

„Willst du etwa behaupten ...“ Die Sark rang nach Luft. Ausnahmsweise schien es ihr die Sprache verschlagen zu haben.

„Ja, das *Malcadh* wurde ermordet.“

Das Schielauge der Sark rollte wild in der Augenhöhle herum und ihre Beine zitterten. „Das kann nicht dein Ernst sein!“, stieß sie mühsam hervor. Aber sie wusste, dass die Eule die Wahrheit sagte. Wie schrecklich, dass ein *Malcadh* auf diese Weise enden musste.

„Also ... also so was hab ich in meinem ganzen langen Leben noch nicht ...“ Keuchend ließ sich die Sark auf einen Stapel Kaninchenfelle sinken. „Gut, sag mir, was du gesehen und gehört hast. Erzähl mir alles.“

Und Gwynneth erzählte. Das Feuer drohte bereits zu erlöschen, als die Sark endlich aufstand, um neuen Elchdung nachzulegen.

„Seid Ihr sicher, dass Ihr keine Rumser wollt?“, fragte Gwynneth, nur um das lange Schweigen zu brechen, das auf ihren Bericht gefolgt war.

„Nein", knurrte die Sark. „Wozu einen guten Rumser an ein Herdfeuer verschwenden? Ich habe ein Fell, falls du das vergessen hast. Ich brauche keine derartige Hitze in meiner Höhle." Nachdem sie das Feuer neu angefacht hatte, setzte sie sich wieder. „Das ist schlimm, sehr schlimm. Und du hast keine Vorstellung, wer dieser Wolf gewesen sein könnte?"

„Nein. Deshalb bin ich ja hier. Ich dachte, Ihr wüsstet es vielleicht."

„Ich kann mir nur einen Wolf denken, der zu so etwas fähig wäre. Sofern man eine solche Kreatur noch als Wolf bezeichnen kann: einen Geiferwolf. Hast du keinen Geruch aufgefangen? Ach, Unsinn, was rede ich da. Du kannst ja nicht richtig riechen."

„Und wenn es ein Clanloser aus den Frostlanden war?"

„Davon hätten die Clans Wind bekommen. Die haben ihr Alarmsystem." Die Sark vergrub die Schnauze zwischen den Pfoten. *Warum? Warum sollte ein Wolf so etwas tun?* Ein paar Minuten blieb sie still. Schließlich zog sie die Schnauze zwischen den Pfoten hervor und fragte: „Dann bist du also die Einzige, die von diesem abscheulichen Verbrechen weiß?"

„Ja, wahrscheinlich. Aber ich bin bald darauf weitergeflogen. Vielleicht sind andere Tiere des Weges gekommen und … und …", stotterte Gwynneth,

„und haben die Überreste gefunden. Nur woher sollten sie dann wissen, dass das *Malcadh* von einem Wolf ermordet wurde? Ich bin über den Berg geflogen, als es passiert ist, das sagte ich ja bereits. Ich habe einen Wolf keuchen und seine Zahngeräusche gehört ..."

„Was für Zahngeräusche? Willst du damit sagen, dass unsere Zähne unverwechselbare Geräusche machen?"

„Also für unsere Ohren schon. Wir Eulen gehen mit Krallen und Schnäbeln auf unsere Beute los. Fuchszähne sind viel kleiner als Wolfszähne und machen eher schabende Geräusche. Pumazähne sind dagegen riesig, das kracht wie verrückt."

„Und Wolfszähne? Wie hören die sich an?"

„Na ja, bei euch machen die Backenzähne so unverkennbare Schneidegeräusche. Es ist nicht besonders laut, nur so ein glatter, sauberer Ton, als würden zwei Klingen aneinandergewetzt."

Die Sark riss das Maul weit auf, um die furchterregenden scherenartigen Zähne in ihrem Rachen zu entblößen.

„Ja, sehr eindrucksvoll", brummte Gwynneth und wandte mit einer abrupten Kopfdrehung den Blick davon ab.

Die Sark klappte das Maul wieder zu. „Dann können wir also davon ausgehen, dass außer uns beiden keiner von diesem schrecklichen Mord weiß."

Gwynneth nickte.

„Nun, wenn es nach mir geht, soll das auch so bleiben. Ich muss erst eine Weile darüber nachdenken. Aber wenn du mir den Ort beschreibst, kann ich vielleicht hingehen und einen Geruch aufnehmen."

Gwynneth zeigte ihr die Stelle auf einer Karte, die sie in den Höhlenboden kratzte. Die Sark wusste sofort, welchen Geruch sie dort auffangen würde: den von Faolan. Er hatte ihr genau dieselbe Stelle beschrieben, als er ihr von dem *Malcadh* erzählt hatte, dessen Mutter gerade in ihrer Höhle schlief.

„Faolan war dort", sagte die Sark beiläufig.

„Wollt Ihr etwa andeuten, dass Faolan der Mörder war?", rief Gwynneth entsetzt.

„Oh nein, nie im Leben. Aber er hat das *Malcadh* gesehen. Mindestens einen Tag und eine Nacht bevor du auf deinem Flug zum Heiligen Kreis der Vulkane daran vorbeigekommen bist. Faolan war völlig durcheinander, als er hier ankam, und das ist kein Wunder. Ich meine, was muss in ihm vorgegangen sein, als er die Aussetzung des *Malcadh* auf dem *Tummfraw* mit angesehen hat? Er war ja selbst ein *Malcadh*."

„Ja, natürlich“, murmelte Gwynneth betroffen. Seufzend fügte sie hinzu: „Wenn Ihr fliegen könntet und ich riechen, wären wir ein unschlagbares Team.“

Die Sark blinzelte heftig und ihr weghuschendes Auge blieb einen Moment still. „Aber das können wir doch!“, rief sie plötzlich.

„Was können wir? Ihr könnt nicht fliegen und ich habe keinen Geruchssinn. Das habt Ihr mir doch gerade selbst gesagt.“

„Oh doch, gemeinsam haben wir beides, verstehst du? Wenn wir zusammenarbeiten, können wir dieses schreckliche Verbrechen aufklären.“

Das leuchtete Gwynneth ein und die beiden schmiedeten einen Plan. Als Erstes wollten sie zu dem *Tummfraw* auf dem Bergrücken gehen und nach Spuren suchen – Knochen, vielleicht Fellbüschel, die in kleinen Spalten stecken geblieben waren.

„Wie erkläre ich dir das am besten? Wir sind von einer Art ... Geruchskarte umgeben. Diese Gerüche muss man nur richtig einordnen“, verkündete die Sark. Ihr schielendes Auge rollte jetzt vor Aufregung noch wilder herum. „Als Erstes nehme ich also den Geruch auf. Dann versuche ich herauszufinden, aus welcher Richtung er gekommen ist.“

„Ein Vektor – so was wie ein Geruchsvektor?“, erwiderte Gwynneth. Eulen waren hervorragende Navigatoren. Deshalb verwendeten sie häufig Navigationsbegriffe, wenn sie sich an den Sternen orientierten oder Geräusche orteten.

„Genau! Dann weißt du ja, was ich meine."

Plötzlich begannen die Nüstern der Wölfin zu zucken. Der Wind hatte gedreht und trug einen Geruch in ihre Höhle, der ihr irgendwie vertraut erschien. Ein beunruhigender Geruch.

„Eule!", krächzte sie. „Du musst gehen. Ich werde gleich Besuch bekommen. Es ist besser, wenn ich dann allein bin. Komm in zwei Nächten wieder her."

Gwynneth war klug genug, keine Einwände zu erheben. Unverzüglich flog sie davon.

Unentschieden auf der Schrappe

Alle sechs Knochennager, die im Mond der Singenden Gräser am *Gaddernag* teilnehmen würden, waren zum Üben an den unteren Hängen des Krummrückens versammelt. Ein Ort, der für alle Rudels und Clans gut erreichbar war. An diesem Morgen bildeten die Knochennager einen Schnitzkreis auf einer Schrappe. So wurde der kleine kreisförmige Bereich genannt, von dem alles Gras weggekratzt war. In der Mitte ragte ein Knochenhaufen auf, aus dem die Wölfe sich ihre Schnitzknochen auswählen konnten. Während der Arbeit unterhielten sie sich leise miteinander. Sie tauschten den neuesten Klatsch und Tratsch aus, redeten über die bevorstehenden Prüfungen und erzählten sich alles, was sie über die Geschichte der Heiligen Vulkane und über die Wölfe der Garde wussten.

„Ich habe gehört, dass ein paar Clanlose die Grenze überschritten haben sollen“, sagte Tearlach, der ohrenlose Knochennager aus dem MacAngus-Clan. „Wisst ihr zufällig was darüber?“

„Wo? Etwa hier in der Gegend?“, fragte Edme, die einäugige Wölfin aus dem MacHeath-Clan, ängstlich.

„Bestimmt nicht“, schnaubte Heep. „Das sind doch alles nur Gerüchte. Und falls tatsächlich irgendwo Clanlose herumstreunen, dann wohl eher in der Nähe des MacDonegal-Gebiets. Das liegt direkt an der Grenze zu den Frostlanden.“

„Kein besonders angenehmer Gedanke“, bemerkte Edme schaudernd.

Tearlach wechselte schnell das Thema und sagte: „Wisst ihr, was ich neulich noch gehört habe? Als der alte Fengo Hamisch von seinen Pflichten erlöst wurde, hat sich sein verdrehtes Hinterbein zurückgebogen. Der Mond hatte sich einen Augenblick hinter einer Wolke versteckt. Als er wieder hervorkam, war das Bein gerade.“

„Wirklich?“, fragte Edme ungläubig.

„Ja, natürlich!“, fauchte Heep. „Oder zweifelst du etwa daran?“

„Ich dachte, es ist vielleicht nur eine Legende.“

„Nein!“, bellte Heep. Ein bedrohliches Knurren schwang in seiner Stimme mit, sodass alle zurückwichen.

Doch Edme ließ sich nicht beirren. „Daran sollten wir lieber gar nicht denken. Es würde nämlich bedeuten, dass der gute König Soren vom Großen Ga'Hoole-Baum sterben und eine andere Eule an seiner Stelle nach der Glut tauchen müsste."

„Ich hab das alles noch nie verstanden. Glutkönig oder Glutloskönig …", murmelte Faolan.

„Das liegt daran, dass du neu bist." Heep hob den Kopf. „Du kennst unsere Geschichte und unsere Traditionen nicht."

Faolan widmete sich wieder seinem Schnitzwerk. Er war fest entschlossen, sich nicht von Heep provozieren zu lassen.

„Aber wir müssen es ihm erklären, Heep! Sonst lernt er es nie." Creakle, dem eine Pfote fehlte, holte zu einer ausführlichen Erklärung aus. „Wie du weißt, ist es die Pflicht der Garde, die Glut von Hoole zu bewachen, die in einem der fünf heiligen Vulkankrater eingelagert ist. Jedenfalls solange ein Glutloskönig wie Soren im Großen Baum herrscht. Glutkönige tragen die Glut bei sich, sodass keine Garde nötig ist, die sie bewacht.

Was mit Hamischs Bein passierte, kann nur geschehen, wenn die Hoole-Glut von Coryn zurückerobert wurde, der vor langer Zeit Glutkönig war. Damals wurden alle Wölfe aus ihrem Dienst entlassen und konnten wieder ein normales Wolfsleben führen. Alle Gebrechen in ihren Körpern wurden geheilt, alles

Krumme geradegebogen und alles Verkrüppelte wendete sich zum Guten."

„Und das sagen die Gesetze?", fragte Faolan.

Heep schnaubte, als wollte er sagen: Wie kann man nur so dumm scin? Aber Creakle warf ihm einen finsteren Blick zu. „Oh, nein. Das war keine Verordnung des *Gaddernock*. Es hat nichts mit den Wolfsregeln oder -gesetzen zu tun. Es war eine Prophezeiung." Er senkte die Stimme zum Flüsterton herab. „Die Prophezeiung des ersten Eulenkönigs der Hoole-Welt."

„Aber sie hat sich erfüllt!", sagte Edme.

Ja, in gewisser Weise hatte sie sich erfüllt. Faolan dachte an das wunderschöne Heulen, das plötzlich aus der Kehle des Pfeifers gekommen war. Und erneut fragte er sich, wie diese verwachsene Kehle, diese vernarbte Luftröhre einen so herrlichen Ton hervorbringen konnte. Natürlich sagte er das nicht laut. Aber die Geschichte von den Wölfen der Garde, die nach ihrer Entlassung ein neues Leben führen konnten, war wie eine Verheißung, die ihn nicht so schnell wieder losließ.

Nach Creakles Erzählung blieb es lange still auf der Schrappe. Faolan genoss das freundschaftliche Verhältnis, das mittlerweile zwischen ihnen herrschte. Dumm war nur, dass er direkt neben Heep arbeiten musste. Die ganze Zeit glaubte er das Klicken zu hören, das der gelbe Wolf mit dem kaputten Backenzahn beim Nagen machte. Aber so waren die Vorschriften: Wölfe aus demselben Clan mussten nebeneinandersitzen. Und deshalb arbeiteten Heep, der Pfeifer und Faolan immer Seite an Seite.

Am anderen Ende der Schrappe saßen der MacDuff-Wolf Creakle, Tearlach vom MacAngus-Clan und Edme, die einäugige Knochennagerin aus dem MacHeath-Clan. Die Arme musste in ihrem verkommenen Rudel schlimme Misshandlungen erdulden. Es hieß sogar – und das war eines der übelsten Gerüchte, die über diesen Clan verbreitet wurden –, dass die MacHeath gesunde Neugeborene verstümmelten, um auf diese Weise einen Platz in der Vulkangarde zu ergattern. Früher kamen die Gardewölfe nur aus dem MacDuncan-Clan. Aber als Hamisch zum Fengo wurde, setzte er sich mit den besten *Gaddernock*-Gelehrten zusammen und arbeitete mit ihnen eine Gesetzesänderung aus. Seither durften auch andere Wölfe in die Garde gewählt werden. Hamisch war überzeugt gewesen, dass die Garde frisches Blut brauchte, um stark und lebendig zu bleiben. Es war eine seiner letzten Handlungen gewesen, bevor er starb.

Während auf der Schrappe eifrig geredet und geschnitzt wurde, arbeitete Faolan an einer Zeichnung, die ihm hoffentlich eines Tages noch viel besser gelingen würde. Dann würde er sie in Donnerherz' riesigen Pfotenknochen einritzen. Es war die Geschichte jener Sommernacht, in der sie zusammen die Sterne beobachtet hatten. Donnerherz hatte ihm die Namen der Sternbilder genannt und den Großen Bären gezeigt. Faolan wollte dieses Sternbild in seinen Übungsknochen schnitzen – jeden einzelnen Stern von der Schnauze des Bären bis zu den Spitzen seiner Hintertatzen.

Edme war aufgestanden, um sich ein wenig die Beine zu vertreten. „Ach du liebe Güte! Seht mal, was Faolan gemacht hat!", rief sie aus.

„Was?", grunzte Heep.

„Etwas ganz Fantastisches! Das schönste Sternbild, das ich je gesehen habe. Mit allen Sternen, aus denen es besteht."

„Das sieht ja gar nicht wie ein Wolf, sondern wie ein Bär aus. Oder war das etwa deine Absicht?"

„Ja, genau das war meine Absicht. So sehen Bären die Sterne. Der Große Wolf heißt bei ihnen Großer Bär. Meine zweite Milchmutter hat mich diese Namen gelehrt. Der Große Bär zeigt nach Ursulana, dem Ort, zu dem der Geist eines Bären geht, wenn er stirbt."

„Der immer mit seinen Bären", knurrte Heep.

„Aber es ist schön, Heep!", sagte Edme. „Und was macht es schon, welchen Namen man dem Sternbild gibt? Sterne bedeuten für alle Tiere etwas anderes. Auch der Himmel hat viele verschiedene Namen. Ach, das bringt mich auf eine Idee." Sie huschte in die Mitte des Kreises und nahm einen Knochen vom Stapel. Dann kehrte sie an ihren Platz zurück und begann eifrig zu nagen. „Ich fange noch einmal ganz von vorn an, mit einer neuen Geschichte. Das verdanke ich dir, Faolan!" Edme war ein fröhliches Geschöpf, trotz ihrer bedauernswerten Erscheinung.

„Ja, Faolans Zeichnung ist die schönste, die ich je gesehen habe." Der Pfeifer hatte sich über Faolan gebeugt, um den Knochen zu betrachten. Seine mühsam hervorgekeuchten Worte streiften Faolans Schultern wie ein Windzug. „Edme hat Recht. Was macht es für einen Unterschied, wie man das Sternbild nennt?"

„Das fragst du noch? Es ist eine Verhöhnung des Großen Lupus", murrte Heep.

„Jetzt übertreibst du aber", sagte Creakle.

„Das ist deine Meinung, Creakle. Für andere ist es eine Entweihung, dem Großen Wolf den Namen eines anderen Tieres zu geben."

„Ach wirklich?", ächzte der Pfeifer. Seine Stimme klang wie das Rattern von kahlen Ästen im Wind.

Faolan wusste, dass seine Schnitzarbeiten für Aufsehen sorgten, besonders seit er den Knochen der

Zerknirschung genagt hatte. Die Eleganz und Schönheit seiner Arbeiten hatte zu Gemurre und Gemunkel unter einigen besonders abergläubischen Wölfen geführt. *Dieser Faolan kommt aus der Dunkelwelt*, hieß es hinter vorgehaltener Pfote. *Vielleicht ist er auch der Nachkomme eines Clanlosen!* Die Rudelwölfe behielten ihn scharf im Auge und das machte ihn nervös. Wenn Heep über das Sternbild redete, das Faolan gerade geschnitzt hatte, und im Clan verbreitete, dass er den Großen Lupus entweiht hätte, würde es Ärger geben. Aber sollte er deshalb seine Zeichnung ändern, nur damit sie mehr nach einem Wolf aussah? Das erschien ihm unaufrichtig und wie ein Verrat an Donnerherz. Er wollte doch nur zeigen, wie Bären den Nachthimmel sahen. Den Blickwinkel der Bären darstellen. Oder durfte das ganze Universum nur mit den Augen der Wölfe betrachtet werden?

Edme hielt in ihrer Arbeit inne. „Komisch, mir fällt gerade ein, dass Wölfe und Pumas das Wort Schrappe verwenden, obwohl die Bedeutung ganz unterschiedlich ist."

Das nervtötende Klicken neben Faolan verstummte. Heep ließ seinen Knochen fallen. Dann wand er sich nach allen Regeln der Kunst am Boden. Wie immer, wenn er eine seiner Unterwürfigkeitsreden vom Stapel ließ. „Ich weiß nur zu gut, dass ich der bescheidenste und nichtswürdigste von allen Knochennagern bin, die hier versammelt sind. Und vielleicht steht es mir in meiner niedrigen Stellung nicht zu, etwas Derartiges zu sagen. Aber ich finde, die geschätzte Knochennagerin des MacHeath-Clans geht zu weit mit ihren Äußerungen."

Faolans Nackenfell sträubte sich. Heep verstand es meisterhaft, die schlimmsten Kränkungen in kriecherische Worte zu verpacken. Die arme Edme wusste genau, wie sehr sie verachtet wurde. Sie galt als die niedrigste aller Knochennager in den Hinterlanden, weil der verkommene Clan, aus dem sie stammte, kaum eine Schnurrhaaresbreite über den Clanlosen stand. Heeps Worte brannten wie Salz in ihren Wunden.

„Nach meiner bescheidenen Meinung ist es eine Herabsetzung unserer edlen Anführer, Vergleiche zwischen Wölfen und Pumas zu ziehen. Allein der Gedanke ist eine Entweihung." Damit stand Heep auf, ging zu Edme hinüber und versetzte ihr einen scharfen Biss ins Ohr.

„Autsch!", schrie Edme. Ein Blutgerinnsel lief ihr am Hals hinunter.

Alle saßen da wie vom Donner gerührt. Dann stürzte Tearlach an Edmes Seite. Die anderen Wölfe sprangen ebenfalls auf. Mit gesträubtem Nackenfell standen sie da.

„Alles in Ordnung, Edme?“, fragte Tearlach.

„Ist schon gut. Es war nicht tief. Wirklich, es ist in Ordnung.“ Doch jeder konnte sehen, dass das nicht stimmte.

Edmes Gesicht war ganz eingefallen. Ihre Schnauze zitterte und dicke Tränen tropften aus ihren Augen. Fassungslos schaute sie Heep an. „Warum? Warum machst du so was?“

„Ich musste dir eine Lektion erteilen. Deine Worte waren eine Beleidigung für unsere Art.“

„Ich ... ich ...“, stammelte Edme.

Sie wird sich doch nicht entschuldigen!, dachte Faolan entsetzt. *Das ertrage ich nicht.* Von dem gelben Wolf hatte er für heute genug. Er wusste genau, warum Heep so aufgebracht war. Nicht wegen Edme selbst, sondern weil sie vorher die Aufmerksamkeit auf Faolans Schnitzarbeit gelenkt hatte. Das wollte Heep ihr heimzahlen. Faolan ging direkt auf ihn zu und baute sich so herausfordernd vor ihm auf, wie er nur konnte. Als Knochennager hatte er nur wenig Übung in den wichtigsten Drohgebärden und Dominanzsignalen. Auch die anderen Knochennager ließen jetzt ihre Knochen fallen, als sie Faolan so dastehen sahen – mit gerade ausgestrecktem Schwanz, den Kopf hoch erhoben, die Ohren flach nach vorn gerichtet.

Faolan umkreiste Heep und stolzierte drohend um ihn herum. Direkt vor ihm hielt er an und fletschte die Zähne. Schließlich begann er zu sprechen und was er sagte, war so unglaublich, dass die anderen Wölfe nach Luft schnappten. „Heep, du bist hochmütig, auch wenn du noch so bescheiden tust. Und du bist ein Heuchler. Dein Hochmut und deine Falschheit haben dich verdorben und zu einer niederträchtigen Kreatur gemacht. Was du gerade zu Edme gesagt hast, war grausam. Du bist eitel und deine viel gerühmte Bescheidenheit ist nichts als Lug und Trug. Du lechzt doch immer danach, gedemütigt zu werden, oder? Nun, das kannst du haben."

Dann machte Faolan etwas Unerhörtes. Er ging auf die Hinterbeine, legte Heep beide Vorderpfoten auf die Schultern und drückte ihn hinunter. Es war das aggressivste Dominanzverhalten, das einem Wolf zu Gebote stand.

Es gab keinen Kampf, kein Tropfen Blut wurde vergossen. Die vier anderen Knochennager standen fassungslos daneben. Was sich hier abspielte, ging weit über einen Streit hinaus. Keiner von ihnen mochte Heep, aber Faolans Verhalten erschreckte sie zutiefst. Es verstieß gegen alle Regeln und Gesetze des *Gaddernock*, dass ein Knochennager sich so dominant gebärdete.

Als Faolan die Vorderpfoten herunternahm, rappelte Heep sich auf und blickte hasserfüllt um sich. Seine Augen waren zu schmalen Schlitzen verengt. „Du hast einen Fehler gemacht, Knochennager“, zischte er mit zusammengebissenen Zähnen. Seine Ohren lagen flach am Hinterkopf und er wich Faolans Blick aus. „Ich könnte dich anzeigen. Und das wäre dein Ende.“

Der Pfeifer trat vor und begann zu sprechen. Seine Stimme war wie ein Windstoß, der durch eine tiefe Schlucht fegt. „Nein, das wäre nicht das Ende, sondern der Anfang. Du verlierst kein Wort darüber, Heep. Verlass dich darauf!“ Auch er ging auf die Hinterbeine und legte Heep die Pfoten auf die Schultern. Sobald er auf alle viere zurückfiel, folgte Creakle seinem Beispiel. Da er nur eine Vorderpfote besaß, verdrehte er den Körper, bis seine beiden Hinterpfoten fest auf Heeps Schultern lagen. Unerbittlich drückte er ihn hinunter. Der ohrlose Tearlach kam als Nächster an die Reihe und schließlich trat Edme vor.

Ihr gesundes Auge war von einem tiefen, leuchtenden Grün und funkelte vor unvergossenen Tränen. Bevor sie auf die Hinterbeine ging, sagte sie mit ihrer hohen, klaren Stimme: „Du hast mir wehgetan, Heep. Ich spreche nicht von dem Biss in mein Ohr, aber deine Worte waren grausam. Und ich bin Grausamkeit gewöhnt, das kannst du mir glauben. Ich komme schließlich aus dem MacHeath-Clan. Auch wenn wir auf dieser Schrappe nur niedrige Knochennager sind, benehmen wir uns wie anständige Wölfe. Nur du nicht, Heep. Du bist kein anständiger Wolf."

Als sie die Pfoten von Heeps Schultern nahm, trat Pfeifer erneut vor. „Jetzt, Heep, bist du wirklich gedemütigt. Aber spar dir deine scheinheiligen Kommentare. Das will niemand hören."

Faolan war tief bewegt von dem Zusammenhalt, den die Knochennager bewiesen hatten. Eigentlich hätte er nach diesem Erlebnis gut schlafen müssen. Aber wieder einmal drängte sich die Geschichte der *Skrielin* in seine Träume – die Geschichte des dickköpfigen Welpen, der immer wieder die Sternenleiter hinuntersprang. Bald vermischten sich die Bilder mit dem verhassten Klicken von Heeps Zähnen. Warum ließ ihm das keine Ruhe? Wie viele Knochen musste er denn noch aufspüren?

Er war noch einmal zum Hügelkamm gegangen und hatte ein paar weitere Knochen gefunden, die er neben Donnerherz' Pfote gebettet hatte. In ihrem Erdenleben war die Grizzlybärin seine Mutter gewesen. Im Tod würde sie über das kleine Welpenmädchen wachen. Damit hatte sie ja Erfahrung. Donnerherz hatte Faolan nicht nur gesäugt, sondern ihn auch jagen und springen gelehrt. Vielleicht konnte sie das kleine Wesen dazu bringen, die Sternenleiter hinaufzuklettern.

Doch jedes Mal wenn er an das *Malcadh* dachte, fiel ihm die Geschichte von Skaarsgard ein – wie er dem Sternenwelpen nachjagte, der immer wieder die Sternenleiter hinuntersprang, weil er das Fleisch des Fuchses kosten und im Fluss nach Lachsen fischen wollte. Und dass der Welpe nicht träumen konnte, weil er nicht lange genug gelebt hatte. In solchen Momenten spürte Faolan bis ins tiefste Mark, was ihn nicht mehr losließ, seit er die Geschichte gehört hatte: Das winzige Wesen, das er auf dem *Tummfraw* zurückgelassen hatte, kam nicht wegen Fuchs- oder Lachsfleisch zurück, sondern weil es gerächt werden wollte.

Der Knochen wendet sich

Zitternd vor Wut und Angst hatte Heep die Schrappe verlassen. Er fürchtete und hasste Faolan, seit der fremde Wolf damals über die Feuerwand gesprungen war. Damit hatte Faolan das erste Mal die Ordnung herausgefordert und diesen Ruf wurde er nicht mehr los. Heep konnte das nur recht sein. Bis jetzt war auch alles gut gelaufen. Allein der gesprengte *Byrrgis* – besser hätte Faolan ihm gar nicht in die Pfoten arbeiten können. Aber plötzlich hatte sich der Knochen gewendet – wie ein alter Wolfsausdruck lautete – und Heep stand als hochmütiger Knochennager da. Dabei war der Knochen, den Faolan auf der Schrappe geschnitzt hatte, ein Skandal. Eine Beleidigung des Großen Lupus. Das wichtigste Sternbild am Nachthimmel in einen Knochen zu schnitzen und ihm die Gestalt eines Bären zu geben, war unerhört. Es war ein erneuter Verstoß gegen die Ordnung und Heep würde dafür sorgen, dass es sich herumsprach. Faolan war den Clans, besonders den Mac-

Duffs, ohnehin ein Dorn im Auge. Sie betrachteten ihn mit tiefem Misstrauen. Vielleicht würde es Heep doch noch zum Vorteil ausschlagen, was auf der Schrappe geschehen war.

Heep hatte sich sein Leben lang selbst bemitleidet. Von allen Gebrechen, mit denen ein Knochennager zu kämpfen hatte – fehlende Augen und Pfoten, missgebildete Kehlköpfe –, war seines das schlimmste. Nichts kam der Demütigung gleich, ohne Schwanz durchs Leben gehen zu müssen.

Der Schwanz war der eindrucksvollste Körperteil eines Wolfs. Ein hochgehaltener, wedelnder Schwanz stand für Selbstvertrauen, Glück und Dominanz in einem Rudel. Steif ausgestreckt stellte er eine klare Drohgebärde dar, die einen bevorstehenden Angriff ankündigte. Ein halb eingeklemmter Schwanz war ein Zeichen der Unterwerfung und ein voll eingeklemmter bedeutete, dass der Wolf Angst hatte. Heep, der sein Leben lang den Demütigen gespielt hatte, besaß nicht einmal das wichtigste Instrument, um allen von Weitem zu zeigen, wie unterwürfig er war. Das erbitterte ihn am meisten.

Es war so ungerecht. Manchmal wünschte er sich, er wäre auf seinem *Tummfraw* gestorben. Doch dann war dieser neue Wolf in sein Rudel getreten und hatte gegen jede einzelne *Byrrgis*-Regel verstoßen. Wie hätte er sich da nicht überlegen fühlen sollen, selbst ohne Schwanz?

Es war die dunkelste Stunde in einer mondlosen Nacht. Heep hörte, wie Faolan sich regte. Wollte dieser Dummkopf etwa wieder umherstreunen? Merkwürdig, dass seine gespreizte Pfote keine deutlichere Spur hinterließ, besonders in Regennächten. Aber der silberne Wolf war gerissen und hatte wahrscheinlich eine Möglichkeit gefunden, seine Pfotenabdrücke zu tarnen. Es war nicht leicht, ihm zu folgen, und er war schnell wie der Wind. Erneut kehrten Heeps Gedanken zu seinem fehlenden Schwanz zurück und er suhlte sich regelrecht in Selbstmitleid. Ein Wolf mit einer verkrüppelten Pfote konnte seine Missbildung irgendwie verbergen. Aber was sollte Heep gegen den fehlenden Schwanz tun? Sich einen wachsen lassen? Dazu müsste schon ein Wunder geschehen.

Lautlos stand er auf und schlich zum *Gaddernag*-Lager. Er würde Faolan folgen. Diesmal würde er sich nicht abhängen lassen. Die Nacht war stockdunkel, aber Faolans silberner Schwanz wehte in der Schwärze vor ihm her wie eine Fahne.

Der Abend war anstrengend gewesen. Faolan hatte doppelt so lange gebraucht wie sonst, um den Bergrücken zu erreichen. „Welpenkamm“ nannte er diesen traurigen, düsteren Ort inzwischen. Auf der ersten Weghälfte hatte er ständig das Gefühl gehabt, dass ihm jemand folgte. Er hatte mehrere Umwege gemacht, wodurch er noch länger unterwegs gewesen war. Aber es hatte sich gelohnt. Er hatte noch ein paar winzige Knöchelchen gefunden und war damit schnell zu Donnerherz' Pfote gelaufen. Jetzt wartete er sehnlichst auf die Dämmerung, den Moment, da die Schwärze der mondlosen Nacht vom grauen Zwielicht verdrängt wurde.

Irgendwann im Morgengrauen kam ein Nordostwind auf, der dicken, feuchten Nebel mit sich brachte. Bald begann es zu nieseln. Faolan schaute auf die Knochen hinunter, bevor er sie in die Erde bettete.

Stirnrunzelnd studierte er die Bissspuren. Das war rohe, sinnlose Gewalt. Etwas anderes konnte er sich nicht denken. Eine Gewalt, die aus den Knochen sickerte, die ihm aus dem wilden Zickzack der Bissspuren entgegenschlug. Was war das nur für ein Tier gewesen? Und welches Tier konnte so voller Hass auf eine Beute sein? Töten war eine Notwendigkeit, eine Tatsache des Lebens. Wer Beute machte, hatte keinen Grund für Hassgefühle. Ein hilfloses Geschöpf wie dieses winzige *Malcadh* hätte sich niemals wehren können. Warum also dieser Irrsinn?

Faolan grub ein noch tieferes Loch in die Erde und bettete die Knochen des *Malcadh* hinein, damit sie dicht bei Donnerherz ruhten. Dann wandte er sich in Richtung Norden und lief zum Osthang zurück. Die *Gaddernag*-Versammlung an den Westhängen des Krummrückens hatte sich inzwischen wahrscheinlich aufgelöst und die Rudel waren in ihre eigenen Gebiete zurückgekehrt. Der Nebel wurde noch dichter, aber Faolan kannte den Weg. Es war ein tröstliches Gefühl, in den dunstigen Bodennebel eingehüllt zu sein. Eine wohltuende Einsamkeit umgab ihn und sein immer noch dicker Winterpelz hielt ihn schön warm. Ungestört hing er seinen Gedanken nach und stellte sich vor, wie Donnerherz und das kleine Wolfsmädchen gemeinsam die Sternenleiter erklommen. In seinen Wachträumen purzelte die Kleine nie von der Leiter und lief auch nicht wieder auf die Erde hinunter.

Die Sark bekommt Besuch

Die Sark hatte immer geglaubt, nichts könne sie nach ihrem langen Leben noch aus der Fassung bringen. Aber das war ein Irrtum. Zweimal an diesem Tag war ihr Weltbild schwer erschüttert worden. Das erste Mal durch die Nachricht von der Ermordung des *Malcadh*. Das zweite Mal durch das Erscheinen von Faolans Mutter! Den Geruch dieser Wölfin hatte sie sofort mit dem kühnen Fremdling in Verbindung gebracht, der damals über die Feuerwand gesprungen war. Morag und ihr zweiter Gefährte waren den ganzen Weg vom MacDonegal-Clan im äußersten Nordwesten bis hierher gekommen.

Nur ein Wolf mit dem feinen Geruchssinn der Sark vom Sumpfmoor konnte die Geruchskette entschlüsseln, die Morag mit ihrem verlorenen Sohn verband. Es war völlig ausgeschlossen – jedenfalls in den Augen der Sark –, dass Faolans Mutter sich an den Geruch eines Welpen erinnerte, der vor zwei Jahren zur Welt gekommen war. Und doch schnüffelte Morag nervös an der Stelle herum, wo Faolan sich zusammengerollt hatte.

„Kommen viele Wölfe zu dir?", fragte Morag mit einem Anflug von Misstrauen in der Stimme.

„Ja, einige."

„Meinst du, du kannst ihr helfen?", fügte Brangwen hinzu.

„Schwer zu sagen. Komm auf die andere Seite des Feuers, meine Liebe." Die Sark wollte Morag von Faolans Platz weglocken. Ihre Pfoten zitterten, als sie die Umschläge aus Borretsch und geschredderter Birkenrinde zusammenrollte. „Ich mache dir jetzt ein paar Umschläge, die im Bachwasser einweichen müssen, ehe du sie auflegst. Wenn sie aufgebraucht sind, kannst du dir selbst neue machen. Borretsch und zerkleinerte Birkenrinde, das wird reichen. Wenn du Moos dazugibst, musst du die Umschläge nicht mal einweichen." Auch die Stimme der Sark zitterte. Hoffentlich merkten die beiden Wölfe nichts. Aber da sie noch nie hier gewesen waren, hielten sie es wahrscheinlich für ihre normale Sprechweise.

„Und wenn es nicht wirkt?", bohrte Brangwen nach.

Was in aller Welt sollte die Sark ihm darauf antworten? *Wenn es nicht wirkt, wird sie blind. Dann wird sie nicht mehr jagen können und dem Rudel zur Last fallen. Ihr Fleischanteil wird sich verringern.* Die Sark hatte auf Anhieb gesehen, dass diese Wölfin eine gute Jägerin gewesen war. Vielleicht eine schnelle Außenflankerin, denn sie hatte massige Schultern und muskulöse Hinterbeine. Doch jetzt hatte ihr Augenlicht nachgelassen und die Wölfin machte nur noch zögernde, tastende Schritte. Dadurch wirkte sie schwächer, als sie in Wahrheit war. Das war immer so bei Wölfen, die erblindeten. Auch wenn sie sonst kerngesund waren, veränderte sich ihr Verhalten. Es begann damit, dass sie sich viel langsamer und vorsichtiger bewegten als zuvor. Und je mehr die Welt um sie herum verblasste, desto mehr zogen sie sich zurück. Selbst die Muskeln schienen dahinzuschwinden und sie verkrochen sich in sich selbst, lebten in ihrer eigenen Welt. Am Ende blieb nur noch eine brüchige Hülle zurück, ein Schatten des einstigen Wolfs, ein lebender Toter. Es war wie ein langsames Dahinschwinden von Körper und Geist.

„Wenn es nicht wirkt ...“ Die Sark seufzte. „Das ist eine Frage, die ich nicht beantworten kann. Aber sollte es tatsächlich nicht wirken, empfehle ich euch den MacNab-Clan. Wie ihr vielleicht wisst, ist man dort sehr großzügig gegenüber Wölfinnen, die gute Dienste geleistet haben, aber vor der Zeit gealtert sind.“

„Aber zum MacNab-Gebiet ist es so weit“, wandte Brangwen ein.

Morag blieb stumm und rührte sich nicht – als wäre sie längst nicht mehr da.

Die Sark schaute Morag und Brangwen nach, als die beiden den schmalen, gewundenen Pfad hinuntertrotteten, der vom Bau der Sark wegführte. Dann schaufelte sie frische Elchfladen in den Brennofen und ging in ihre Höhle zurück. Sie holte den Krug hervor, der alle ihre Erinnerungen an Faolan barg. Die erste Begegnung, als sie den Abdruck der gespreizten Pfote erblickt hatte. Faolans Sprung über die Feuerwand. Sein jüngster Besuch bei ihr. Sie holte tief Luft, presste die Schnauze in den Krug und begann zu wispern.

„Am heutigen Tag, dem letzten der Wintermonde, kam die Wölfin Morag, Mutter des *Malcadh* Faolan, zu mir. Sie ist jetzt die Gefährtin von Brangwen und gehört zum MacDonegal-Clan. Ich habe die Befürchtung, dass sie eine Duftspur ihres Sohnes aufgefangen haben könnte. Morag ist eine starke Wölfin mit breiter Brust und mächtigen Flanken. Sie war vermutlich eine gute Außenflankerin, aber ihre Tage als Läuferin im *Byrrgis* sind vorüber. Morag leidet an der Milchaugenkrankheit. Ich fürchte, sie wird bald erblinden. Möge Lupus über sie wachen, bis sie die Sternenleiter erklimmt.“

Die Sark verließ ihren Bau, hob den Kopf und suchte den Himmel nach Gwynneth ab.

Der Fremde

Faolan hatte den Überblick verloren, wie oft er zum Welpenkamm gelaufen war und wie viele Knochen er dort gefunden hatte. Trotzdem brachte es ihm keine Erleichterung. Solange er noch keine Klarheit über die Todesumstände hatte, zögerte er, den geplanten *Drumlyn* zu bauen. Er wollte die Knochen nicht noch mehr entweihen, indem er die mörderischen weißen Linien zernagte, um die kurze Geschichte des *Malcadh* zu erzählen, das traumlos auf dem Kamm gestorben war.

Kaum hatte Faolan den Tafelfelsen verlassen, durchkämmten zwei andere Geschöpfe der Hinterlande den Hang darunter. Gwynneth schwebte über der Sark, viel zu dicht für den Geschmack der Wölfin, die das Felsterrain ausschnüffelte.

„Kannst du mir bitte etwas mehr Raum geben? Ich habe ja kaum noch genug Luft zum Atmen, geschweige denn, dass ich einen Geruch auffangen könnte“, fauchte die Sark.

„Tschuldigung!“, murmelte Gwynneth.

„Und denk dran, was ich dir gesagt habe. Du hast die Augen, ich den Riecher. Es wäre besser, wenn du hoch über mir fliegst und in den Schmelzwasserrinnen nach Knochen Ausschau hältst. Ich versuche so lange, einen Geruch aufzunehmen.“

„Ja, natürlich“, sagte Gwynneth.

Aber die Sark wusste genau, dass Gwynneth der Versuchung nicht widerstehen konnte, dicht über ihr zu schweben, und dass sie bald wieder zurückkommen würde. Das Dumme war nur, dass die Sark sich irgendwie selbst im Weg stand – als sei sie in einem Netz von Gerüchen gefangen.

Den Geruch des *Malcadh* hatte sie schnell aufgespürt, nachdem die Mutter des Welpen zwei Tage und drei Nächte in ihrem Bau geschlafen hatte. Faolan war nicht lange nach der Mutter zu ihr gekommen. Auch ihm haftete der Geruch des Welpen an. Aber in diese drei Grundgerüche – die des *Malcadh*, der *Malcadh*-Mutter und des Knochennagers Faolan – mischten sich andere Gerüche, ähnlich und doch wieder anders. Und alle waren hoffnungslos durcheinandergewirbelt. Fest stand nur, dass ein Elch und ein Puma auf diesem Weg vorübergezogen waren. Doch verbarg sich noch ein fremder Wolfsgeruch darin. Vielleicht von einem Mitglied des

MacDuncan-Clans oder von einem MacDuff-Wolf. Zu welchem Rudel er gehörte, ließ sich nach so vielen Monden noch weniger einordnen.

Schließlich fing die Sark einen Geruch auf, der alle anderen überlagerte – einen ganz frischen Geruch von Faolan. Er musste den *Tummfraw* viele Male besucht haben. Merkwürdig. Die Gerüche überlagerten sich in einer Art zeitlichen Abfolge, auf die sich die Sark keinen Reim machen konnte. Nur eines wusste sie mit Sicherheit: Faolan hatte den Geruch eines lebenden Welpen in ihre Höhle mitgebracht. Und während Gwynneth den brutalen Mord miterlebt hatte, war Faolan noch bei ihr gewesen. Als Gwynneth nach der Tat gelandet war, war das kleine Wesen tot gewesen, und der Wolf verschwunden.

„Ich hab was! Ich hab was!“ Gwynneth schoss mit einem winzigen Rippenknochen in den Krallen herunter und ließ ihn vor die Pfoten der Sark fallen.

Die Sark beugte sich hinunter und stupste den Knochen sanft mit ihrer Schnauze an. „Was du hier hast, meine liebe Gwynneth, ist der Knochen eines sehr kleinen Welpen, vielleicht zwei Tage alt.“

„Ja, das kleine Weibchen. Das *Malcadh*.“

„Was du nicht sagst, Gwynneth! Du übertriffst dich wieder einmal selbst. Und nicht nur dich, sondern auch meine eigenen bescheidenen Ergebnisse.

Obwohl ich dich nicht gerade als Geistesleuchte bezeichnen möchte, scheinst du doch hin und wieder einen lichten Moment zu haben." Die Sark spähte in Gwynneths pechschwarze Augen. Maskenschleiereulen gehörten zu den wenigen Eulenarten, die keine gelben oder bernsteinfarbenen, sondern schwarze Augen hatten.

Gwynneth hatte so langsam das Gefühl, dass die Worte der Sark alles andere als schmeichelhaft für sie waren. Die Sark war ein wenig eingeschnappt, weil Gwynneth den ersten klaren Hinweis auf das Opfer entdeckt hatte.

„Es gibt Geschöpfe", fuhr die Sark fort, „die vielleicht selbst keine Leuchten sein mögen, es aber meisterhaft verstehen, sich als solche auszugeben." Wenn die Sark beleidigt war, ließ sie sich gern zu hochtrabendem Geschwafel hinreißen.

„Soll ich mich etwa noch dafür bedanken, dass Ihr mir vorhaltet, keine Leuchte zu sein?", erwiderte Gwynneth, so ruhig sie konnte.

„Oh, entschuldige", rief die Sark ganz erschrocken. Wie hatte sie nur so taktlos sein können? „Tut mir leid, Gwynneth." Ihr schlechtes Auge huschte hektisch umher. „Das war nicht nett von mir. Du hast mir einen guten Knochen gebracht. Und sieh dir mal die Bissspuren an – als hätte ein sinnloser Sturm gewütet. Das spricht von Gewalt und Mord. Und es bestätigt, was du gehört hast. Aber *warum*? Dieser Frage müssen wir nachgehen. Ich glaube, das bringt uns weiter als der rätselhafte Geruchswirrwarr, der hier herrscht." Die Sark blickte auf den Knochen hinunter. „Faolan können wir jedenfalls ausschließen. Er war bei mir in der Höhle, als der Mord geschah. Er kann nicht der Schuldige sein. Und weiter? Wir wissen, dass es ein Wolf gewesen sein muss. Das hast du mit deinem hervorragenden Gehör erkannt. Auch die Zahnabdrücke beweisen das. Sie gehen tief, viel tiefer als Fuchszähne. Ein Puma kann es auch nicht gewesen sein, weil die typischen Schlitzspuren fehlen. Aber die Gerüche sind zu chaotisch, als dass ich viel daraus ablesen könnte. Bis jetzt kann ich …", sie kratzte ein paar Linien in den Boden, „also bis jetzt kann ich fünf verschiedene Wolfsgerüche ausmachen."

„Fünf!", wiederholte Gwynneth ungläubig.

„Ja, fünf. Einige davon sind direkte Hinterlassenschaften, wie ich es nenne. Andere sind indirekt hinzugekommen. Man kann sie auch als ‚ferner liegend' bezeichnen – Gerüche, die durch Kontakte mit einem der Hauptakteure aufgelesen wurden. Der Geruch des *Malcadh* ist natürlich eine direkte Hinterlassenschaft, genau wie der Geruch der Obea und der von

Faolan. Aber unter diese drei mischen sich mindestens zwei fremde Geruchsspuren. Eine davon ist eine direkte Hinterlassenschaft, vermutlich vom Mörder. Aber die andere ist indirekt. Da bin ich mir ziemlich sicher. Außerdem sind diese beiden fremden Gerüche unauflöslich miteinander verbunden."

„Dann könnt Ihr also nicht herausfinden, welches der Geruch des Mörders ist, Madame?"

„Nein."

„Einer könnte ein Komplize gewesen sein", überlegte Gwynneth.

„Wie wahr! Wie wahr!" Das gute Auge der Sark leuchtete auf.

Bitte keine zweifelhaften Komplimente mehr!, flehte Gwynneth in Gedanken.

„Du hast Recht. Ein Komplize wäre denkbar. Ich muss diese Möglichkeit näher in Betracht ziehen", verkündete die Sark.

Die *Gaddernag*-Spiele beginnen

Der größte Teil der Hinterlande war kahl und unwirtlich. Da das Land jahrtausendelang vereist gewesen war, wuchsen kaum richtige Wälder darauf. Die dünne, karge Erdschicht vertrug nicht viel Pflanzenbewuchs. Aber im Süden, an der Grenze zu den Hoole-Reichen, dehnten sich weite Grasländer aus. Und die Gräser sangen wirklich, wenn der trockene Südostwind hindurchfegte. Im Augenblick ging ihr Gesang jedoch im Bellen und Heulen der *Gaddergladder* unter, das den *Gaddernag*-Spielen entgegenfieberte. Alle Rudel aus allen Clans, auch die, die keine eigenen Knochennager hatten, nahmen daran teil. Es wurde bis tief in die Nacht gefeiert und über die Feinheiten der *Gaddernock*-Regeln geredet, was bisweilen in Streit ausartete. Die *Skrielin* der Clans heulten ihre Geschichten, dann erst begann der eigentliche Wettkampf. Das eindrucksvollste Schauspiel war jedoch die Ankunft des Fengo und der *Taigas* vom Kreis der Heiligen Vulkane.

Dieser Moment war fast noch spannender als die Verkündung des Siegers, der in die Vulkangarde gewählt wurde.

Faolan und der Pfeifer trotteten gerade zu den Knochenhügeln hinüber, um ihre Schnitzknochen für die erste Prüfung auszuwählen, als Mairie hinter einem der Hügel hervortrat.

„In dem Haufen da drüben sind die besten Knochen." Sie nickte zu einem Knochenhügel hinüber, der nicht annähernd so hoch war wie die anderen. „Sieht schon ziemlich ausgeplündert aus, aber das täuscht." Weder Faolan noch die anderen Knochennager konnten sich daran gewöhnen, dass sie plötzlich von allen Wölfen mit Achtung und Respekt behandelt wurden. Doch diese Atempause würde nicht lange anhalten. Sobald die Spiele zu Ende waren, würden alle Knochennager, die nicht das Glück hatten, in die Garde gewählt zu werden, in ihr altes Leben zurückkehren. Für Faolan war es undenkbar, bis an sein Lebensende als Knochennager weiterzumachen. Aber wie sollte er seine Chancen einschätzen? Er besaß zwar die Fähigkeiten, die ein Gardewolf brauchte, doch sein Ruf war leider nicht der beste. Es waren so viele Gerüchte über ihn in Umlauf. Er hatte die Ordnung herausgefordert. Hier und da hörte er auch Getuschel über das Sternbild des Großen Bären, das er geschnitzt hatte. Für viele Wölfe war das eine Beleidigung und Heep hatte natürlich dafür gesorgt, dass darüber geredet wurde. Faolan war trotzdem froh, dass er seine Zeichnung nicht geändert hatte. Er hatte nur keine Ahnung, ob dieses ungewöhnliche Kunstwerk ihm bei der Wahl zum Gardewolf nützen oder schaden würde.

„Dann lass uns mal rübergehen, ehe die anderen uns zuvorkommen!“, ächzte der Pfeifer und trottete davon.

Faolan folgte ihm auf dem Fuß. „Ähm, klar.“

„Ich … ich …“, stammelte Mairie. „Ich wollte dir nur Glück für den Wettkampf wünschen, Faolan. Du wirst deine Sache im *Byrrgis* gut machen, das weiß ich. Diesmal kannst du zeigen, wie schnell du bist. Du läufst in den Positionen des Unterleutnants – als Pulker oder Linienwolf. Manchmal gibt es Gerempel, wenn die Pulker in die Hauptleute hineinlaufen. Man braucht eine Menge Erfahrung dafür. Passiert dauernd. Also denk dir nichts dabei.“

„Und *wenn* es passiert, ist es kein Verstoß gegen die Regeln, nehme ich an“, sagte Faolan. Es war keine Frage, sondern eine Feststellung.

„Nein, warum auch?“

„Natürlich nicht. Knochennager laufen bei einem normalen *Byrrgis* nicht in diesen Positionen. Warum sollte man einen Wolf misshandeln, der kein Knochennager ist?"

„Ich glaube, du hast mich falsch verstanden, Faolan. Du wirst nicht bestraft, wenn so was passiert."

„Oh doch, ich habe dich sehr gut verstanden. Ich werde in diesem Fall nicht bestraft, weil es kein normaler *Byrrgis* ist. Aber wenn ich nicht in die Garde komme und ins Rudelleben zurückmuss, weht wieder ein anderer Wind."

„Ja, wahrscheinlich", sagte Mairie, die plötzlich verlegen wurde.

„Hast du sonst noch irgendetwas auf dem Herzen, Mairie?"

„Ja, das hab ich." Mairie hielt inne und schaute ihm direkt in die Augen. „Faolan, im Lager gehen gewisse Gerüchte um."

„Was für Gerüchte?"

„Über einen Knochen, den du während der Übungssitzung im Eisbruchmond geschnitzt hast. Es heißt, dass ..." Mairie senkte den Blick.

„Dass meine Arbeit eine Entweihung des Großen Lupus ist?"

„Ja." Mairie sah ihn jetzt wieder an. Ihr Nackenfell sträubte sich und zitterte, als liefe ein Schauder hindurch.

„Ich habe ein Sternbild geschnitzt. Ich habe nur den Großen Wolf aus der Sicht meiner zweiten Milchmutter dargestellt.“

„Der Grizzlybärin?“

„Ja, denn sie hat mir als Erste die Sternbilder erklärt. Ihre Art nennt den Großen Wolf nun mal Großer Bär.“

Mairie legte den Kopf schief. „Das ist interessant.“

„Genau, Mairie, es ist interessant, keine Entweihung.“

„Nicht im Mindesten“, stimmte Mairie ihm zu. „Aber sei trotzdem vorsichtig.“

Eine Meute kleiner Welpen, die einander jagten, stürmte vorbei.

„Auszeit! Auszeit!“, rief ein schneeweißes Weibchen und kam schlitternd zum Stehen. „Ich will nicht mehr Fangen spielen. Ich will lieber ‚Sark ärgern‘ spielen.“

Mairie drehte sich zu den Welpen um. „Das ist ein dummes Spiel“, knurrte sie und spazierte davon.

Faolan schaute dagegen fasziniert zu. Das kleine weiße Weibchen war die Anführerin der Bande. Sie zeigte auf einen gefleckten Welpen, dessen braunes Fell graue und schwarze Stellen hatte. „Du musst die Sark sein“, bestimmte sie.

„Aber ich bin ein Männchen.“

„Das macht nichts“, fauchte die kleine weiße Wölfin. „Und du bist die Obea“, fuhr sie fort und zeigte auf einen anderen Welpen, der die Farbe einer Sturmwolke hatte.

„Aber die stinken!“, winselte der Welpe.

„Stimmt ja gar nicht. Im Gegenteil. Eine Obea hat keinen Geruch. Und jetzt hör mit dem Gewinsel auf. Es ist doch nur ein Spiel. Und du, Bryan“, sagte sie zu einem anderen Wolf, der ebenfalls reinweiß und vermutlich ihr Bruder war, „du bist das *Malcadh*. Du kannst dein Hinterbein einziehen und auf drei Beinen laufen, so wie wir es geübt haben.“

„Ja, gut“, brummte der weiße Welpe in ergebenem Ton. Er war es offenbar gewöhnt, von seiner großen Schwester herumkommandiert zu werden.

„Und ich bin die Mutter.“ Kaum hatte sie den Satz zu Ende gesprochen, warf sie sich auf den Boden und schluchzte laut. „Nimm mir nicht mein Junges weg!“ Das Schluchzen steigerte sich. „Das ist mein letzter Wurf. Ich schwöre, dass ich keine Jungen mehr zur Welt bringen werde. Oh bitte, ich flehe dich an, lass mir meine letzte Tochter!“

„Ich bin keine Tochter“, protestierte der weiße Welpe. „Ich bin ein Sohn.“

„In dem Spiel bist du eine Tochter. Und jetzt halt gefälligst die Schnauze.“

Daraufhin sagte der Welpe, der die Obea spielte, streng: „Ich muss jetzt dieses *Malcadh* zum *Tummfraw* bringen. Und du gehst zur Sark, damit das Vergessen beginnen kann. Sie braut einen Trank für dich."

Die kleine weiße Anführerin warf den Kopf zu dem gefleckten Welpen herum und wisperte laut: „Na los, jetzt musst du den Trank mischen."

„Ich hab aber nichts zum Mischen. Hier gibt es keine Kräuter oder Gräser. Nicht mal Birkenrinde."

„Dann nimm einfach Erde und ein paar Steine und misch es zusammen. Wir tun doch nur so, als ob", fauchte die Anführerin. Zu einem anderen Welpen gewandt, fuhr sie fort: „Und wenn das *Malcadh* überlebt und in den Clan zurückkommt, darfst du es treten und ihm ins Ohr beißen. Aber nicht richtig, verstehst du? Du musst nur so tun!"

Faolan verfolgte die Szene gebannt. *Nur so tun! Was sie hier spielen, ist mein Leben!* Er wollte etwas sagen, aber ihm fiel nichts ein. Als Knochennager stand es ihm sowieso nicht zu, junge Welpen zurechtzuweisen.

Mairie trat hinter einem Felsen hervor. „Schluss mit dem Unsinn", sagte sie streng. „Das ist jetzt kein passender Moment."

„Warum nicht?", fragte die kleine weiße Anführerin herausfordernd. „Du meinst wohl, weil du größer bist, hast du hier das Sagen?"

„Nein!", erwiderte Mairie leise. „Weil das hier ein Knochennager ist." Sie nickte zu Faolan hinüber. „Sein Leben ist kein Spiel, sondern bitterer Ernst. Wenn er gebissen oder getreten wird, dann richtig."

Die Welpen verstummten. Da trat die kleine weiße Anführerin vor. „So einen großen Wolf wie dich hab ich noch nie gesehen. Du bist der Knochennager, der in die Sonne gesprungen ist, stimmt's?"

„Ich bin nicht in die Sonne gesprungen, sondern um mein Leben." Faolan richtete sich auf, warf sich in die Schultern und hob den Schwanz ein klein wenig in die Höhe. Sein Fell schimmerte silberhell im Abendlicht und die Welpen verstummten wieder. Einen Wolf von so edler Haltung hatten sie noch nie gesehen. Dabei war er doch nur ein Knochennager!

Plötzlich durchschnitt ein Heulen die Luft. Es war Alastrine, die *Skrielin* vom Carreg-Gaer-Rudel des MacDuncan-Clans. Bald stimmten die anderen *Skrielin* mit ein. Aufgeregtes Bellen und Japsen stieg von den Clans ringsum auf.

„Sie kommen! Sie kommen! Der Fengo Finbar und die *Taigas* kommen!"

„Komm mit“, sagte Mairie zu Faolan. „Ich weiß einen guten Platz. Von dort können wir alles sehen.“

Faolan folgte Mairie einen Steilhang hinauf. Bald erschien eine zweite Wölfin hinter ihnen. „Das ist meine Schwester Dearlea“, sagte Mairie über die Schulter. Dearlea hatte dunkelbraunes Fell, das vielleicht einmal so hell gewesen war wie das goldfarbene ihrer Schwester. Doch trotz der unterschiedlichen Fellfarbe sahen sie sich sehr ähnlich.

„Oh, schaut mal!“, rief Dearlea, als sie oben angekommen waren. Eine lange Reihe von Wölfen wand sich einen schmalen Pfad hinunter.

„Hört ihr das *Tinulaba*?“, fragte Mairie.

„Das was?“, wollte Faolan wissen.

Mairie und Dearlea wechselten einen entsetzten Blick.

„Du weißt nicht, was das *Tinulaba* ist?“, fragte Dearlea ungläubig.

„Nein.“

„*Tinulaba* nennt man das Klimpern der Knochen, wenn sie sacht aneinanderstoßen. Man sagt auch ‚Knochenläuten‘ dazu. Die Gardewölfe tragen Halsketten aus den kleinen Knochen von Tierschwänzen.“

„Sie tragen Halsketten? Ich dachte, das dürfen nur die Clan-Oberhäupter und die Mitglieder des *Raghnaid*.“

„Nein, die Wölfe der Garde dürfen auch Halsketten tragen. Aber ihre sind nur aus Schwanzknochen, die sie selbst geschnitzt haben."

„Sie schnitzen Zeichnungen in Schwanzknochen?", fragte Faolan verwundert. Schwanzknochen waren die kleinsten Knochen, die es gab.

„Ja, das wirst du auch lernen, wenn du ..." Mairie bremste sich gerade noch. „Ich meine, falls du in die Garde kommst. Die *Taigas* bringen es dir bei."

Das Bellen und Heulen ringsum verstummte. Tiefe Stille senkte sich über das Land, während der Wind aus Richtung des Festzugs auffrischte und das Knochenläuten zu ihnen herübertrug. Das *Tinulaba* war nicht nur ein Klimpern, sondern richtige Musik, Klänge die Faolan durch Mark und Bein gingen und ihn zutiefst bewegten.

Als die Gardewölfe ihre Schritte auf dem steilsten Abschnitt des Pfads bremsten, konnte er sie genauer betrachten. Alle waren groß und kräftig. Die Missbildung eines *Malcadh* kann zu einer Quelle der Kraft werden, hieß es oft. Selbst aus der Ferne strahlte die Garde eine Macht und ein Selbstvertrauen aus, wie Faolan es noch nie erlebt hatte.

Der Fengo Finbar war der prächtigste von allen Wölfen. Er hatte sich mit den schönsten, kunstvollsten Knochenketten behängt und sogar kleine Knochensplitter in seinen Bart eingeflochten. Mairie und Dearlea tuschelten miteinander.

„Da ist Jasper“, sagte Dearlea und zeigte mit ihrer Schnauze auf einen dunkelbraunen Wolf.

„Und das dort ist doch Briar, nicht wahr?“, sagte Mairie.

„Der rote Wolf mit dem schlimmen Auge?“, fragte Dearlea zurück.

„Ja. In der Garde gibt es zwei rote Wölfe. Ich bringe sie immer durcheinander, weil sie beide ein schlimmes Auge haben“, erwiderte Mairie.

Woher wissen sie das alles?, dachte Faolan. Anscheinend kannten sie jeden einzelnen der Gardewölfe und konnten sogar die Missbildungen benennen. Dabei war der Festzug noch ziemlich weit weg.

„Außerdem sind sie Geschwister. Dadurch kann man sie noch schwerer auseinanderhalten.“

„Geschwister?“ Faolan konnte seine Überraschung nicht verbergen.

„Ja, sehr ungewöhnlich. Zwei *Malcadh* in einem Wurf. Ein Männchen und ein Weibchen.“

„Das war bestimmt ein Trost für sie ... ich meine, für die Welpen.“ Faolan hasste das Wort *Malcadh*. „Dann waren sie wenigstens nicht allein.“

„Aber für die Mutter war es weniger tröstlich.“ Dearlea seufzte. „Stell dir das mal vor – zwei *Mal-*

cadh auf einmal! Und wer weiß, vielleicht hatte sie in diesem Jahr nur diese zwei Welpen."

„Aber beide haben überlebt und sind in den Clan zurückgekehrt", wandte Mairie ein. „Ist das nicht toll?"

Ja, dachte Faolan, *wirklich toll*. Er betrachtete die Schwestern, die neben ihm standen. Sie waren heil und gesund auf die Welt gekommen. Und sie hatten noch mehr Geschwister. Faolan konnte einen Anflug von Neid nicht unterdrücken. Natürlich wünschte er dieses Schicksal niemandem, aber er hätte trotzdem gern einen Bruder oder eine Schwester auf dem *Tummfraw* bei sich gehabt.

Gwynneths Rat

Der *Gaddernag* begann wie immer mit einem *Byrrgis*. Die Kundschafter waren bereits losgelaufen, um nach der ersten nordwärts ziehenden Rentierherde Ausschau zu halten. Kurz nach Tagesanbruch kehrte einer von ihnen mit guten Nachrichten zurück. Eine kleine Herde hatte den Fluss überquert und zog jetzt auf einer nordöstlichen Route in Richtung Norden.

„Auf der West- oder Ostseite des Krummrückens?“, fragte Liam MacDuncan, der nach dem Tod seines Vaters den Clan anführte. Allerdings wurde gemunkelt, dass die wahre Macht bei seiner Mutter Cathmor liege, die alle seine Entscheidungen lenkte.

„Sie ziehen ostwärts.“

Zustimmendes Bellen wurde laut, denn das bedeutete, dass die Herde direkt ins MacDuncan-Territorium kam.

Cathmor trat vor. „Zählt nicht darauf. Die Herde könnte sich am Fuß des Bergrückens aufteilen. Mir wäre es lieber, wenn der Knochennager-*Byrrgis* etwas mehr Erfahrung im Zangenmanöver hätte. Ihre Pflichten als Gardewölfe verbieten es den Knochennagern, die Herde zu weit zu jagen. Ausgedehnte Jagden, wie sie bei uns üblich sind, kennen sie nicht. Deshalb sind Zangenmanöver unverzichtbar und wir sollten prüfen, wie diese jungen Knochennager darin abschneiden."

„Ein Zangenmanöver?", stieß Tearlach mit bebender Stimme hervor. „Das hab ich noch nie gemacht."

„Darf ich dich untertänigst daran erinnern, dass wir alle in derselben Lage sind? Keiner von uns hat je etwas anderes gemacht als die niedrigsten Fährtenputzerdienste", meldete Heep sich salbungsvoll zu Wort.

Ein leises, schneidendes Zischen drang aus der Kehle des Pfeifers. „Ich habe auch eine untertänigste Bitte, Heep: Hau ab und friss Elchkacke", knurrte er.

Die anderen Knochennager kicherten und wedelten mit den Schwänzen. Obwohl Tearlach im ersten Moment erschrocken war, konnten die Knochennager es kaum erwarten, als vollgültige Mitglieder in einem *Byrrgis* mitzulaufen, statt nur den Kot oder Urin der Beute zu beschnüffeln. Bei diesem *Byrrgis* mussten andere Wölfe die Pflichten der Fährtenputzer übernehmen.

„Hier, schau mal! Unschlagbar, was?" Die kleine

Edme gab Faolan einen sanften Stoß und warf den Kopf zu Heep herum, der nach der Bemerkung des Pfeifers davongetrottet war. Obwohl Edme nur ein Auge hatte, entging ihr so leicht nichts. Heep hatte sich auf den Boden geworfen und wand sich schamlos vor einem gut aussehenden schwarzen Wolf aus dem MacDuff-Clan, einem hochrangigen Mitglied des *Raghnaid*.

„Was sagt er?", fragte Edme.

Faolan ließ die Ohren vorschnellen. Aber Tearlach, der ohrlose Knochennager, fing als Erster die Gesprächsfetzen auf, die zu ihnen herüberwehten. Faolan staunte immer wieder, wie gut seine neuen Freunde mit ihrer Behinderung zurechtkamen.

„Dunstan MacDuff, mir ist zu Ohren gekommen, dass dein geschätzter Sohn als Fährtenputzer im *Byrrgis* mitlaufen wird, damit wir niedrigen Knochennager in diesem einen Fall eine höhere Position einnehmen können. Haltet mich bitte nicht für anmaßend, wenn ich, als ein bescheidener, nichtswürdiger Knochennager …"

„Na bitte, das hätte man sich ja denken können", sagte Edme. Die anderen Knochennager waren etwas näher gekrochen und konnten jetzt ohne Tearlachs Hilfe hören, was Heep von sich gab.

„… also es wäre mir eine Ehre, in aller Bescheidenheit ein paar kleine Ratschläge beizusteuern, wie man beim Beschnüffeln der Losung vorzugehen hat." Heep überschlug sich geradezu vor Diensteifer. Zum Glück gingen seine Anbiederungsversuche bald im Sammelheulen des *Gaddergladder* unter. Der *Byrrgis* formierte sich.

Faolan sollte als Pulker neben Mairies Schwester Dearlea laufen, die als Rechtsendpulkerin an der Westflanke eingesetzt war. Heep lief ebenfalls als Pulker an der Westflanke.

Warum können sie ihn nicht an die Ostflanke schicken?, dachte Faolan grimmig. Warum durfte er nicht neben Pfeifer laufen, statt an der Seite dieses Kriechers?

Plötzlich bellte Creakle: „Seht mal, Eulen! Und zwar jede Menge!" Er zeigte mit der Schnauze zum Himmel.

Dearlea, die gerade vorbeikam, blieb stehen. „Ja, die sind ganz wild auf unsere *Gaddernag*-Versammlungen. Vor allem die Glutsammler und Schmiede."

Vielleicht ist Gwynneth unter ihnen, dachte Faolan. Im selben Moment schoss die Maskenschleiereule zu ihm herunter.

„Oh, Gwynneth, bin ich froh, dass du gekommen bist! Wie du siehst, habe ich deine Ratschläge befolgt und bin ein Knochennager geworden."

„Ja, Herzchen, ich weiß."

„Ich hatte ein paar ... ein paar ..."

„Missgeschicke? Ja, auch das weiß ich. Ich habe von deinem ersten *Byrrgis* gehört." Faolan ließ den Schwanz fallen. „Nun, du wirst deine Lektion gelernt haben, nehme ich an." Gwynneth hielt inne.

Faolan hatte das Gefühl, dass sie ihm noch etwas sagen wollte. Er schaute in ihre glänzenden dunklen Augen. „Was ist, Gwynneth?"

„Ach, das kann warten bis nach dem *Byrrgis*. Wir reden später darüber."

Erneut stieg das Sammelheulen in die Luft. „Auf Mark und Knochen!" Gleich würde der *Byrrgis* beginnen.

„Ich muss jetzt gehen, Gwynneth."

„Ja, mein Lieber. Ihr Knochennager müsst in dem *Byrrgis* heute mehr Verantwortung übernehmen als je zuvor."

„Was willst du damit sagen?"

„Nun, es wurde gerade Alarm geschlagen. Clanlose halten sich in der Gegend auf. Einige der Kundschafter und ein paar Wölfe, die sonst im *Byrrgis* mitgelaufen wären, jagen ihnen nach. Ich habe mein Bestes getan, um zu helfen. Der springende Punkt ist jedoch, dass ihr Knochennager jetzt noch bessere Chancen habt, euch zu bewähren und zu zeigen, aus welchem Holz ihr geschnitzt seid. Ich möchte dir gern einen Ratschlag geben, wenn du gestattest."

„Und welchen?"

„Tempo ist nicht alles."

„Oh, in dieser Beziehung habe ich meine Lektion gelernt, Gwynneth. Ich remple keine Außenflankerin mehr an."

„Das weiß ich." Gwynneth hielt inne. „Hör mir zu, Faolan. Ich fliege nun schon länger durch die Hinterlande, als ich denken kann. Oft genug bin ich über einen *Byrrgis* hinweggeflogen und habe die Jagd aus einer Perspektive gesehen, die euch Wölfen verwehrt ist. Was zählt, sind die Signale – ein gespitztes Ohrenpaar, ein Schwanzzucken, ein schneller Schrittwechsel bei den Pulkern. Nicht Tempo ist das Zauberwort, sondern die richtige Verständigung. Nur so kann der *Byrrgis* wie ein Fluss über trockenes Land dahinströmen und schließlich die Beute verschlingen. Es ist eine lautlose Verständigung, kein Wort darf dabei fallen."

Der *Byrrgis* der Knochennager

Heep wusste, dass er keine Chance hatte, Faolan beim *Byrrgis* zu überholen. Aber vielleicht konnte er ihn überlisten? Faolan hasste das leise Klicken, das Heeps kaputter Backenzahn beim Schnitzen machte. Heep hatte gesehen, wie sich Faolans Nackenfell sträubte, sobald er zu nagen begann. Das Geräusch ging ihm sichtlich auf die Nerven, obwohl Heep nicht verstand, was so schlimm daran sein sollte. In seinen Ohren klang es auch nicht anders als die Schnitzgeräusche der anderen Knochennager.

Aber es brachte ihn auf eine Idee. Eine geniale Idee! Er musste keinen Knochen schnitzen, um dieses Geräusch zu produzieren. Es ging auch ohne. Und das Glück war auf seiner Seite. Er durfte an derselben Flanke laufen wie Faolan, sogar direkt neben ihm. Einen besseren Platz hätte er gar nicht finden können, um diesen elenden Knochennager *cag mag* zu machen!

Der *Byrrgis* war im Presspfotengang durch das hügelige Gelände aufgebrochen. Er wurde von den Kundschaftern angeführt und nach kurzer Zeit kam die Rentierherde in Sicht. Die Wölfe hielten sich windabwärts, sodass die Tiere ihren Geruch nicht aufnehmen konnten. Auf diese Weise kamen sie ein gutes Stück näher an die Herde heran, ehe sie entdeckt wurden. Je länger sie im Presspfotengang laufen konnten, um die Herde einzuholen, desto besser. Das sparte Kraft und ging viel schneller. Falls der Wind sich drehte, mussten sie ihre Strategie natürlich ändern.

Faolan lief so konzentriert wie noch nie in seinem Leben. Endlich war er in einem *Byrrgis* – nicht als Fährtenputzer oder ferner Beobachter auf einem Berghang, der sehnsüchtig auf die Wölfe hinunterstarrte. Es war auch kein Traum, nein, es war Wirklichkeit. Die harte Erde sauste unter ihm dahin und er spürte kaum noch, wie seine Pfoten den Boden berührten. Nur ein leichtes Prickeln lief ihm durch die Beine. Dagegen nahm er mit allen Sinnen die Vibrationen Hunderter von Pfoten wahr, die über die Erde trommelten. Es war wie ein Rausch, der ihn erfasste und ihn mit dieser Meute zusammenschweißte. Endlich gehörte er dazu.

Faolan war froh, dass Gwynneth mit ihm gesprochen hatte, denn ihr Ratschlag erwies sich jetzt als nützlich. Gerade hatte er ein zweites Signal aufgefangen, das von einer Reihe von Wölfen an einen Breitendpulker weitergegeben wurde. Er wusste also, dass die ganze Formation aus über vierzig Wölfen sich gleich zusammendrängen würde. *Der Byrrgis ist wie ein Fluss, der über trockenen Grund strömt. Wie die Sterne, die endlos am Himmel kreisen, bin ich Teil dieses Strömens hier unten auf der Erde.* Zum ersten Mal ging Faolan auf, was *Hwlyn* bedeutete, und die seltsamen Bräuche der Hinterlandwölfe erhielten endlich eine tiefere Bedeutung. Die lautlosen Gesten – ein Flackern hier, ein Zucken da – rauschten durch seinen Körper wie ein uralter Gesang, während er dahinraste.

Neue Signale liefen durch den *Byrrgis*. Faolan verstand die Sprache der Stille mit jedem Mal besser. Plötzlich fing er das Ohrenflackern eines anderen Breitendpulkers auf. Der Wind hatte gedreht und die Rentierherde witterte die Wölfe. Der *Byrrgis* steigerte sofort das Tempo. *Aufschließen! Aufschließen!* Das Signal erschallte so deutlich, als wäre es gesprochen worden. Faolan spürte, wie der *Byrrgis* zum Angriffstempo überging.

Schön, wie schön das ist!, dachte Faolan. Die Bewegungen waren glatt, fließend, makellos. *Wie beim Bilibu*, schoss es ihm durch den Kopf. Die Wölfe glitten wie Spielsteine über das Land, was ihm beinahe magisch erschien und ihn an die Sternbilder erinnerte, die nachts über den Himmel zogen.

In mondlosen Nächten, wenn die Sterne heller in der schwarzen Unendlichkeit strahlten, hatte Faolan oft das Gefühl, dass die Erde unter seinen Füßen nichts anderes war als ein kleiner Stern in der großen, kreisenden Nachtwelt. Erde und Himmel, Wolf und Eule, Stern und Stein, Lehm und Knochen – das alles verwob sich zu einem endlosen Muster.

Erneut fing Faolan ein Signal auf – das Signal für das Zangenmanöver. Der *Byrrgis* würde die Herde in einen Engpass treiben, damit sie sich nicht zu weit über die Hochebenen verstreuen konnte. Die Außenflankerinnen schnellten vorwärts, die Pulker der Ost- und Westflanke folgten ihrem Beispiel. In vollem Tempo hetzten sie los und trieben die Rentierherde von allen Seiten auf den Engpass zu. Zahlreiche Signale flogen hin und her, doch diesmal drängte sich etwas in die atemlose Stille und lenkte ihn ab.

Urskadamus! Schon wieder dieses elende Klicken, das Heep beim Nagen machte! Das Geräusch zerstörte die Stille. Warum hörte es niemand außer ihm? Faolan ließ den Blick suchend umherschweifen und geriet beinahe ins Stolpern. Er war aus dem Takt gekommen, war aus der tiefen Konzentration gerissen worden, mit der er gelaufen war. Dieser verdammte Zahn! Aber egal, er durfte sich nicht ins Boxhorn jagen lassen. Faolan erhaschte ein schadenfrohes Grinsen in Heeps Gesicht und sah das Funkeln in seinen Augen. Dieser elende Kriecher machte das mit voller Absicht!

Dearlea hatte das Stocken in Faolans Lauf wahrgenommen und versteifte sich neben ihm. Dabei war sie bisher tief beeindruckt von ihm gewesen. Nein, Faolan würde sich nicht aus der Fassung bringen lassen.

Wieder lief ein Signal durch die Meute. Ein schwaches Tier war gesichtet worden. Die Wendewachen sollten die Herde auf der Ostseite abdrängen, um es aus dem Pulk herauszulösen. Die beiden Spitzenwölfe und ein Blocker würden dann einen Blitzangriff starten und das *Cailleach* von der Herde trennen. Faolan hatte das alles verstanden, doch Heeps Klicken machte ihn so verrückt, dass er die Startsignale verpasste. Das hässliche Geräusch füllte seine Ohren wie das Sirren der Moskitos in den Sommermonden. Erneut stolperte Faolan und wieder warf ihm Dearlea einen Blick zu. Bald lief ein *Taiga* dicht hinter ihm. Faolan musste irgendwie von Heep wegkommen. Das Klicken trieb ihn in den Wahnsinn. Es machte ihn *cag mag*.

Das *Cailleach* war bereits von der Herde getrennt und auch das Signal an die Außenflankerinnen, sich zurückfallen zu lassen, war erfolgt. Acht Rüden schossen nach vorn. Das Endspiel begann, der faszinierendste Teil des *Byrrgis*. Die acht Rüden griffen abwechselnd an. Auf ein Signal der Spitzenwölfe lösten sie einander ab. In einem Knochennager-*Byrrgis* wurde manchmal einer der Knochennager aufgefordert, das *Cailleach* zu Boden zu reißen. Faolan hätte das mit Leichtigkeit geschafft, wäre da nicht das teuflische Klicken in seinen Ohren gewesen. Das Geräusch wurde immer lauter, während die Knochennager mit anderen Pulkern im Gras kauerten und auf das Ablösesignal warteten. Faolan knirschte mit den Zähnen. *So eine Gemeinheit!* Heep wollte ihn dazu bringen, gegen die oberste *Byrrgnock*-Regel zu verstoßen – das strenge Verbot, die Stille vor dem Todessprint zu brechen. Die anderen Wölfe hörten nichts. Wenn Faolan also nach Heep schnappte oder ihn anknurrte, würde er als der Schuldige dastehen, weil er das Schweigen gebrochen hatte.

Ich muss durchhalten, bis der Todessprint beginnt. Das schaffe ich! Aber das höllische Klicken hallte in Faolans Ohren wider und füllte seinen ganzen Kopf aus. Um dem Geräusch zu entkommen, versuchte er in Gedanken an einen anderen Ort zu flüchten. *Lausche den Singenden Gräsern*, beschwor er sich.

Heep rückte noch näher an ihn heran. Seine Augen

funkelten vor Falschheit und er riss den Rachen sperrangelweit auf. Faolan konnte die verfluchte Zahnzacke sehen, bevor Heep den Kiefer genüsslich wieder zuklappte und zu mahlen begann. Das Geräusch bohrte sich in Faolans Gehirn wie eine Handvoll scharfer Splitter.

Edme starrte ihn entsetzt an. Das erste Signal für den Todessprint war erfolgt und Faolan hatte es verpasst. Verzweifelt schnellte er hoch, doch es war zu spät. Er stolperte wieder und stürzte zu Boden. Edme schoss in die Lücke, die er gelassen hatte. Der Todessprint war jetzt in vollem Gang. Die Luft hallte vom Bellen und Heulen der Wölfe wider, die das *Cailleach* zur Strecke brachten.

Doch Faolan, der Wolf, der sich wie ein Grizzlybär aufgebäumt hatte, um einen Elchbullen zu stellen, lag hilflos am Boden.

Als Faolan vom *Byrrgis* zurückkam, wartete Gwyneth auf ihn.

„Und? Wie ist es gelaufen?"

Faolan ließ den Schwanz sinken. „Also ..." Er zögerte, aber eigentlich konnte er gleich mit der Wahrheit herausrücken. „Ich bin ein paarmal gestolpert und im entscheidenden Moment bin ich gestürzt."

„Gestürzt!" Gwynneth blinzelte ihn mit ihren dunklen Augen an. Ihr Kopf verdrehte sich in einem grotesken Winkel, wie nur Eulen mit ihren zahlreichen winzigen Halsknöchelchen es zustande bringen. „Du?"

„Oh bitte, ich will nicht darüber reden. Aber du wolltest mir doch noch etwas sagen?"

Gwynneth ließ den Kopf jetzt fast ganz herumwirbeln, als wollte sie die nähere Umgebung absuchen. Faolan wurde ein wenig übel bei dieser Bewegung. Es war unglaublich, was diese Eulen mit ihren Hälsen anstellten. Daran würde er sich wohl nie gewöhnen.

„Ja, ja, das ist richtig. Aber ich muss unter vier Augen mit dir sprechen. Es ist etwas Ernstes."

Faolan erschauerte bis ins Mark. „Gut", sagte er und folgte der Maskenschleiereule hinter einen großen Felsblock.

„Also was ist?", fragte er.

Gwynneth holte tief Luft. „Du weißt doch von dem …", ihre Stimme versagte und sie schluckte, „… also von dem Welpen auf dem Bergrücken nördlich des Sumpfmoors."

Faolan nickte.

„Die Sark hat mir erzählt, dass du das *Malcadh* auf dem Weg zu ihr gesehen hast und ganz außer dir warst."

Faolan nickte wieder.

„Nun, Faolan, ich hatte leider das Pech, den Mord an diesem armen kleinen Wesen miterleben zu müssen."

Mord!, dachte Faolan. Die schrecklichen Bissspuren an den Knochen – natürlich! Was sollte es sonst gewesen sein? Aber trotzdem – Mord! Dann hatte er also Recht gehabt: Die Geschichte des kleinen Welpenmädchens war noch nicht abgeschlossen.

Gwynneth blinzelte. „Das scheint dich nicht zu überraschen."

„Nein, ich habe die Knochen gesehen. Aber du hast den Mörder gesehen!"

„Gehört, nicht gesehen. Wir Maskenschleiereulen besitzen ein ausgezeichnetes Gehör, wie du weißt. Sehen konnte ich nichts, wegen der dicken Wolkendecke an diesem Tag. Aber ich habe die Schreie gehört, als das *Malcadh* zerfetzt wurde. Und dann das Keuchen. Es war ein Wolfskeuchen und es waren Wolfstritte, als der Mörder weggelaufen ist. Natürlich hat er keine Abdrücke hinterlassen, denn dort gibt es fast nur Fels und Geröll. Aber woher weißt du von den Knochen?"

„Der Mörder war ein Wolf!" Der Boden unter Faolans Pfoten wankte und sein Nackenfell sträubte sich zu einer bibbernden Halskrause. Ein nie gekannter Abscheu stieg in ihm auf. „Mir ging das kleine Wesen nicht aus dem Kopf. Ich wurde schließlich auch auf einem *Tummfraw* ausgesetzt und musste an mein eigenes Schicksal denken. Aber von einem Wolf ermordet zu werden …“

„Ja, das verstehe ich“, sagte Gwynneth leise.

„Ich wollte einen *Drumlyn* für das *Malcadh* machen.“

„Einen *Drumlyn*? Das ist das alte Wolfswort für einen Knochenhaufen, nicht wahr?“

„Vielleicht, ich weiß es nicht genau. Ich kenne mich immer noch nicht so gut mit den Bräuchen und der Sprache der Rudelwölfe aus. Aber ich wollte das kleine Geschöpf ehren. Ich bin zurückgegangen, um noch mehr Knochen zu finden.“

„Sei vorsichtig, Faolan. Du musst wirklich aufpassen. Es wäre nicht gut, wenn dich jemand mit diesen Knochen ertappt. Ich weiß, in welchem Ruf du stehst. Die meisten Wölfe hier warten nur darauf, dass du einen Fehler machst. Als du über die Feuerwand gesprungen bist, hast du nicht nur die Ordnung herausgefordert, wie sie sagen, sondern auch sie selbst. Im Moment ahnen sie nichts von diesem Mord. Aber wenn sie es erfahren, geben sie vielleicht dir die Schuld daran. Ich bin nur eine Eule, aber ich weiß, wie Wölfe denken.“

„Wahrscheinlich besser als ich", seufzte Faolan. „Manche Wölfe glauben allen Ernstes, dass ich aus der Dunkelwelt komme."

„Genau! Sie sind unwissend und abergläubisch. Und das macht sie so gefährlich. Sie können falsch und hinterhältig sein, verstehst du. Ist es wegen deiner Schnitzarbeit?"

„Ja, einer hat gesagt, er könne die Hitze der Sonne spüren, die ich in den Knochen geschnitzt habe."

„Das zeigt nur, dass sie nichts von Kunst verstehen, weil es über ihren Horizont geht. Sie können sich einfach nicht vorstellen, dass ein normaler Wolf etwas so Schönes zustande bringt."

„Und wenn etwas Wahres dran ist? Vielleicht bin ich wirklich kein normaler Wolf."

„Mein lieber Faolan, warum willst du unbedingt normal sein? Nur weil du anders bist als die anderen, heißt das noch lange nicht, dass du schlechter sein musst. Ich persönlich weiß längst, dass du kein normaler Wolf bist. Sondern ganz und gar außergewöhnlich." Gwynneth schwieg einen Augenblick. „Und? Hast du den *Drumlyn* gebaut?"

Faolan schüttelte traurig den Kopf. „Nein, noch nicht. Ich konnte nicht. Irgendwie erschien es mir nicht richtig. Ich wollte die Knochen erst einmal beschützen. Sie sind so winzig. Vielleicht habe ich gespürt, dass ich warten muss, bis der Mörder gefasst ist, bevor ich den *Drumlyn* bauen kann."

„Und wo bewahrst du die Knochen auf?"

Faolan hob den Blick zu der Maskenschleiereule. In seinen Augen blitzte etwas auf.

„Aaah", sagte Gwynneth leise. „Bei Donnerherz' Pfote natürlich."

Gwynneth wusste von Donnerherz, denn sie war Faolan beim Skelett der Grizzlybärin zum ersten Mal begegnet. Ein gespenstischer Klagegesang hatte sie dorthin gelockt. Dann hatte sie Faolan entdeckt, der seinen Schmerz in die Nacht hinausheulte, nachdem er die Knochen seiner zweiten Milchmutter gefunden hatte.

Gwynneth schaute Faolan mitfühlend an. Wie gern hätte sie ihm die Nachricht von dem grausamen Mord erspart. Faolans Erlebnis mit dem *Malcadh* war schlimm genug gewesen. Und jetzt auch noch das. Wenigstens hatte sie es ihm nicht vor dem *Byrrgis* erzählt. Das war ein Glück. Obwohl Faolan kaum noch schlechter hätte abschneiden können. Ein Sturz! Unglaublich.

Letzter Platz

Die Streunerburg des MacDuncan-Clans war geräumig, aber nicht groß genug, um die zahlreichen Wölfe und Eulen aufzunehmen, die gekommen waren, um das Ergebnis des *Byrrgis* zu hören. Die Verkündung wurde daher ins Freie verlegt, wo die Eulen in den kargen Birkengehölzen hocken konnten.

Die Leistungen der Knochennager wurden nach einem Punktesystem bewertet, das bestimmte Fähigkeiten und Handlungsweisen berücksichtigte. Zum Beispiel gab es Punkte für Ausdauer und Schnelligkeit, für besondere Wendigkeit und reibungslose Richtungswechsel, für das Einfügen in die Formation und die Fähigkeit, lautlose Signale aufzufangen und richtig einzuordnen. Wenn eine Aufgabe überdurchschnittlich gut gelöst wurde, konnten auch Zusatzpunkte vergeben werden. Noch vor der Verkündung der Ergebnisse wurde über diese Zusatzpunkte getuschelt. Alle waren gespannt, wer sie bekommen würde, und wofür.

Als Liam schließlich auf einen Baumstumpf sprang, stieg die Spannung ins Unerträgliche. „Die *Taigas* haben ihre Bewertungen abgegeben. Zu meiner Freude darf ich sagen, dass alle Teilnehmer in dieser ersten Runde der *Gaddernag*-Spiele sehr gut abgeschnitten haben. Wir beginnen mit der höchsten Punktzahl. Der erste Platz geht an den Knochennager Creakle aus dem MacDuff-Clan. Creakle erhält volle zehn Punkte für seine Schnelligkeit und weitere zehn für gutes Einfügen in den *Byrrgis*. Er hat seine Position stets gehalten. Fünf Punkte erhält er für seine Wendigkeit und seine glatten Richtungswechsel, vier Punkte für das Einordnen der Signale. Letzteres ist ein eher mittelmäßiges Ergebnis, aber Creakle konnte diesen Misserfolg durch den kraftvollen Sprung beim Todessprint wieder wettmachen. Dafür erhält er noch einmal zehn Punkte. Keine Strafpunkte für mangelhafte Aufmerksamkeit, Drängeln oder Stolpern. Insgesamt kommt Creakle auf neununddreißig Punkte!"

Die Wölfe brachen in lautes Beifallsjohlen aus. Neununddreißig Punkte waren ein hervorragendes Ergebnis, das jedoch nicht an die Leistungen des legendären Knochennagers Hamisch heranreichte, dem späteren Fengo der Garde. Hamisch hatte mit sagenhaften fünfzig Punkten den höchsten Punktestand aller Zeiten erreicht.

Liam MacDuncan fuhr mit der Verkündung der Ergebnisse fort. Der zweite Platz löste Unmut unter den Wölfen aus, denn er ging an die winzige Edme, die niedrigste unter den Knochennagern. Edme erhielt die begehrten Zusatzpunkte für die Geistesgegenwart, mit der sie für Faolan in die Bresche gesprungen war. Ein weiterer Zusatzpunkt wurde ihr für das schnelle Durchtrennen der Halsschlagader des *Cailleach* zuerkannt.

Faolan lauschte auf das Murren der Wölfe ringsum. Langsam dämmerte ihm, dass er schon wieder für Aufregung sorgte. Ein Wolf, der die Feuerfalle überlebt hatte, schaffte es nicht, den ersten Platz in einem *Byrrgis*-Wettkampf zu belegen. Selbst den zweiten Platz ließ er sich wegschnappen – von der kleinsten und niedrigsten der sechs Knochennager!

Auf dem dritten Platz landete Tearlach mit fünfundzwanzig Punkten. Die Menge schnappte entrüstet nach Luft. Faolan spürte, wie sich die Augen aller Wölfe und Eulen auf ihn richteten.

„Der vierte Platz geht mit zweiundzwanzig Punkten an den Pfeifer, den Knochennager des Blaufelsrudels."

Lautes Johlen erfüllte die Luft.

Jetzt blieben nur noch zwei Knochennager übrig. Gebannt starrten alle auf Faolan und Heep. Faolan hatte genug und wandte sich ab.

„Schließlich folgt an fünfter Stelle, ohne Extrapunkte und mit zwei Strafpunkten für wiederholte Unaufmerksamkeit …“ Liam MacDuncan legte eine Pause ein, „der Knochennager Heep aus dem Flussrudel.“

Faolan hörte, wie Heep sich winselnd am Boden wälzte und zu schleimen begann. Niemals habe er, ein bescheidener Knochennager, mit einer solchen Ehre gerechnet. Er sei doch nur der Niedrigste der Niedrigen und kaum daran gewöhnt, mit Respekt behandelt zu werden. In diesem Tenor ging es endlos weiter.

„… und der sechste Platz geht an den Knochennager Faolan aus dem Osthangrudel des MacDuncan-Clans. Er erhält zwanzig Strafpunkte für zweimaliges Stolpern im letzten Viertel des *Byrrgis* und für das Verpassen seines Einsatzes beim Todessprint.“

Mairie stürzte zu Faolan. „Was ist denn passiert?“

„Na, jedenfalls hab ich dich nicht angerempelt.“

„Nein, du bist nur gestolpert und hast deinen Einsatz verpasst! Sonst hättest *du* den ersten Platz bekommen, nicht Creakle“, sagte sie ärgerlich.

„Was soll ich sagen? Ich war unaufmerksam, abgelenkt.“

„Genau wie Heep.“

„Ach wirklich?“, fragte Faolan überrascht.

„Hast du etwa nicht zugehört? Er hat Strafpunkte wegen Unaufmerksamkeit bekommen.“

„Du hast Recht, ich habe nicht zugehört. Aber egal. Heep ist zumindest nicht gestolpert, trotz seiner Unaufmerksamkeit.“

Im selben Moment tauchte Dearlea auf. „Er hat sich andauernd umgeschaut. Ich hab es genau gesehen und gleich nach dem *Byrrgis* den *Taigas* berichtet“, sagte sie. „Was war denn los, Faolan? Du bist so gut neben mir gelaufen und plötzlich warst du völlig aus dem Rhythmus. Ich hab's schon vor deinem ersten Stolpern gespürt.“

Faolan schüttelte müde den Kopf. Wie sollte er ihnen erklären, dass Heeps nervtötendes Klicken ihn aus der Bahn geworfen hatte, wenn es außer ihm niemand gehört hatte? Vielleicht lachten sie ihn sogar aus?

Die beiden Schwestern waren verstummt. Mairie rückte ganz nah an Faolans Schnauze heran. In ihren tiefgrünen Augen entdeckte er lauter goldene Pünktchen. *Wie kleine Sternbilder,* dachte er. Mairie und Dearlea legten die Köpfe zur Seite und blinzelten, als hätten auch sie etwas in seinen Augen gesehen. Eine Sekunde lang waren die drei jungen Wölfe wie in einem Netz aus goldenem Licht gefangen.

Dann brach Faolan das Schweigen. „Also gut, ich will euch sagen, was mich abgelenkt hat. Aber vielleicht findet ihr es dumm."

„Nein, nein!", drängten Mairie und Dearlea. „Was war es?"

„Heep."

„Heep hat dich abgelenkt? Aber er hat sich doch selbst umgesehen."

„Ja, aber er hat noch etwas anderes gemacht. Habt ihr je seine Schnitzknochen gesehen?"

„Nein, nicht wirklich", sagte Mairie. „Er ist nicht in unserem Rudel."

„Seine Arbeiten sollen nicht besonders gut sein. Plump und fantasielos", fügte Dearlea hinzu.

„Das stimmt, er schnitzt nicht gut, aber das ist nicht der Punkt. Einer seiner Backenzähne hat eine Zacke. Das sieht man nicht nur an den Schnitzknochen, wenn man genau hinschaut. Man hört es auch, wenn man im Schnitzkreis direkt neben ihm sitzt."

„Ich weiß, was du meinst. Das ist wie bei Taddeus, unserem kleinen Bruder. Ich höre ihn beim Fressen immer schmatzen", sagte Dearlea.

„Und er schlürft beim Trinken", bestätigte Mairie.

Die Schwestern hatten ihn verstanden. „Aber dieses Geräusch ist noch viel, viel schlimmer. Es geht mir durch Mark und Bein. Ehrlich, es macht mich *cag mag*. Als ob mir ständig ein Moskito ins Ohr sirrt."

„Aber er hat doch während des *Byrrgis* keinen Knochen benagt, um Lupus' willen", protestierte Mairie.

„Nein, aber er hat das Geräusch trotzdem gemacht. Und zwar absichtlich, um mich abzulenken. Beim Schnitzen kann ich es irgendwie überhören. Ich weiß nicht, warum. Aber beim Laufen kann ich das nicht. Kurz vor dem Todessprint ist mir Heep ganz dicht auf den Pelz gerückt, hat sein Maul aufgerissen und mir direkt in die Ohren geklickt. Deshalb habe ich meinen Einsatz verpasst. Es war schrecklich – als würde er mir ein Maulvoll Knochensplitter ins Gehirn bohren. Dieser elende Kriecher hasst mich."

Mairie und Dearlea wechselten einen Blick.

„Bitte, ihr müsst mir glauben", sagte Faolan. In seiner Stimme lag die blanke Verzweiflung.

„Gut, wir kommen in die Schnitzkreise, die in den nächsten Tagen stattfinden", sagte Dearlea. „Die Knochen, die du schnitzt, Faolan, zählen mehr als deine Punkte beim *Byrrgis*. Damit kannst du deinen letzten Platz wieder wettmachen."

„Das hoffe ich. Und wie gesagt, beim Schnitzen stört mich das Geräusch nicht so sehr wie beim Laufen."

„Und du weißt wirklich nicht, warum das so ist?“, fragte Mairie.

„Nein.“

„Ich schon. Weil du ein Künstler bist, Faolan. Ein echter Künstler.“

Knochen schnitzen

Faolan saß im Schnitzkreis wie üblich neben Heep. Der gelbe Wolf klickte genauso laut wie beim *Byrrgis*, aber hier störte Faolan das Geräusch viel weniger. Dass er mit Mairie und Dearlea darüber gesprochen hatte, war eine große Erleichterung. Die beiden Schwestern hatten das Geräusch zwar nicht gehört, aber Faolan hatte zum ersten Mal, seit er in den Hinterlanden war, seine Sorgen mit anderen Wölfen geteilt. Aus dem Augenwinkel sah er Mairie und Dearlea näher kommen. Sein Herz klopfte vor Freude. Die beiden hielten ihr Versprechen. Er dämpfte die eigenen Nagegeräusche, damit die Wölfinnen das Klicken von Heeps Zahnzacke hören konnten.

Dearlea und Mairie blieben rechts und links neben Heep stehen. „Das ist interessant“, sagte Dearlea. „Die natürliche Schattierung dieses Knochens wäre für andere vielleicht ein Hindernis, aber deine Zähne gehen tief.“ Sie hielt inne, weil ihr sonst nichts einfiel.

Die Linien waren tatsächlich tief – tief und plump – und sie entdeckte die Zacke darin. Jetzt wollte sie auch noch das Geräusch hören.

„Oh, deine Worte beschämen mich“, winselte Heep. Er rieb das Gesicht im Dreck und wälzte sich vor Unterwürfigkeit.

„Ach bitte, sparen wir uns die Formalitäten. Wir möchten dir einfach beim Nagen zusehen.“

Faolan hörte ganz mit dem Schnitzen auf und ölte seinen Knochen, indem er ihn zwischen den Schwimmhäuten seiner Pfoten rieb. Das Einölen bewirkte zweierlei: Er markierte auf diese Weise den Knochen mit seinem unverwechselbaren Geruch und entfernte zugleich den Knochenstaub, der sich beim Nagen ablagerte. Im Augenblick erfüllte das Einölen noch einen dritten Zweck: Stille, damit Dearlea und Mairie besser lauschen konnten.

Jetzt mussten die Wölfinnen das Klicken hören. Sie lauschten mit weit nach vorn gerichteten Ohren. Bestimmt hatten sie auch die verräterischen Zackenspuren in dem Knochen gesehen, den Heep benagte.

Nach einer Weile drehten sich Mairie und Dearlea um und trotteten davon. Heep ließ den Blick zu Faolan hinüberwandern. Dann sagte er im Flüsterton, aber laut genug, dass alle anderen im Schnitzkreis es hören konnten: „So eine Ehre! Zwei hochrangige

Wölfinnen, noch dazu aus dem Carreg-Gaer-Rudel, kommen extra hierher, um meine bescheidene Arbeit zu bewundern. Die Arbeit eines niedrigen Knochennagers. Wirklich, ich bin überwältigt. Ich kann mir beim besten Willen nicht denken, womit ich das verdient habe."

Niemand sagte etwas darauf. Die Knochennager schnitzten einfach weiter. Bis auf das Schaben der Zähne war kein Laut zu hören. Doch mit einem Mal hob Edme den Kopf. „Oh, seht mal! Da kommt der Fengo Finbar", sagte sie.

Heep ließ sofort seinen Knochen fallen und presste nicht nur den Kopf, sondern seinen ganzen Körper in die Erde.

„Auf, auf!" Finbar war ein prächtiger, gut genährter brauner Wolf mit schimmerndem Fell. Eines seiner Hinterbeine war verkrümmt, sodass die Pfote in die verkehrte Richtung zeigte. „Unterwürfigkeits- und Gehorsamsbekundungen sind während der Spiele aufgehoben. Bei einem so wichtigen Anlass ist das nur vergeudete Zeit.

Ich bin hier, um euch daran zu erinnern, dass ihr euch langsam Gedanken über eure Geschichtenknochen machen solltet. Früher war es erlaubt, drei oder sogar vier Knochen zu schnitzen, um eine Geschichte zu erzählen. Doch unter unserem verehrten Fengo

Hamisch, der leider nicht mehr unter uns weilt, wurde diese Regel geändert. Eine Geschichte so knapp wie möglich zu halten, ist die schwierigste Übung. Ich rate euch daher: Beschränkt euch auf das Wesentliche und arbeitet nur einen einzigen Punkt oder Gedanken aus. Natürlich müsst ihr dabei besondere Sorgfalt walten lassen, das versteht sich von selbst."

Edme hob die Pfote. „Verzeiht, Ehrwürdiger Fengo, könnt Ihr uns vielleicht ein Beispiel nennen? Einen richtig guten Geschichtenknochen, den ein Knochennager in der Vergangenheit geschnitzt hat?"

„Ah, eine sehr gute Frage. Den besten Knochen aller Zeiten hat zweifellos unser verstorbener Fengo geschnitzt. Er ritzte darin seine erste Begegnung mit Coryn ein, dem verstorbenen König von Ga'Hoole. Coryn war damals aus der Höhle seiner Mutter verbannt worden und in die Hinterlande gekommen. Das Besondere an seiner Geschichte waren nicht so sehr die Ereignisse, über die er berichtete, sondern die tiefen Gefühle, die darin zum Ausdruck kamen. Ein Ausgestoßener erzählt die Geschichte eines anderen Ausgestoßenen. Als hätte Hamisch erst aus seinem eigenen leidvollen Selbst herausfinden müssen, ehe er dieses und die Welt, in der er lebte, verstehen konnte. Hamisch stellte Coryns schweres Schicksal als Ausgestoßener dar – das Leid eines Wolfs, der von seiner eigenen Mutter, der tyrannischen Nyra, gehasst wurde. Und der zudem das Pech hatte, seiner Mutter so ähnlich zu sehen, dass er überall auf seinen Wanderungen Furcht und Schrecken verbreitete. Der Höhepunkt der Geschichte war Hamischs erste Begegnung mit Coryn. Er schilderte, wie ein Funke zwischen ihnen übersprang und ihre langjährige Freundschaft entfachte. Ein einfach geschnitzter, schlichter Knochen – ein Schienbein von einem Moschusochsen, glaube ich –, der die Geschichte einer tiefen Freundschaft erzählt."

Als hätte er erst aus seinem eigenen leidvollen Selbst herausfinden müssen, ehe er dieses und die Welt, in der er lebte, verstehen konnte. Die Worte des Fengo trafen Faolan bis ins Mark.

Finbar legte den Kopf zur Seite und schloss die Augen, bis nur noch zwei grüne Lichtschlitze zu sehen waren. „Ein Knochen, der so voller Mitgefühl geschnitzt ist, lässt keinen Wolf unberührt. Ein Klassiker. Ein echter Klassiker." Ohne ein weiteres Wort ging der Fengo davon, als stehe er noch immer im Bann des denkwürdigen Schnitzknochens.

Die Knochennager im Kreis schauten einander stumm an. Alle dachten dasselbe: *Wie soll ich je etwas Vergleichbares zustande bringen?* Nur Faolan dachte nicht an den Wettkampf. Er war wieder einmal weit weg, auf dem Bergkamm, wo das kleine Welpenmädchen ermordet worden war. Ermordet von einem Wolf!

Er sah den Mörder vor sich, wie er den Steilhang zu dem flachen Tafelfelsen hinaufkletterte. Wann war er aufgetaucht? Lange nachdem Faolan gegangen war? Und wenn er dageblieben wäre und über die kleine Wölfin gewacht hätte, wäre sie dann gestorben, bevor der Mörder sie zerfleischen konnte? Aber hätte er dann auch der Versuchung widerstanden, das kleine Wesen zu retten? Fragen über Fragen schossen Faolan durch den Kopf, während die anderen Wölfe schon wieder eifrig nagten. Er hatte instinktiv gespürt, dass mehr hinter der Geschichte des kleinen Welpenmädchens steckte. Doch er hätte nie geglaubt, wie verworren und grausam diese Geschichte in Wahrheit war.

Für die Knochennager, die am Wettkampf teilnahmen, war ein Schlafbau gegraben worden. Faolan schlief jedoch lieber allein. Selbst nach einem langen, harten Arbeitstag redeten die anderen Knochennager oft bis tief in die Nacht hinein und fast immer über den Wettkampf. Das ging ihm allmählich auf die Nerven. Zwar hüteten sie sich, zu viel über die Geschichte zu erzählen, die sie schnitzten, aber sie diskutierten eifrig über die Schwierigkeiten, auf die sie bei der Arbeit stießen. Faolan hatte noch keine zündende Idee für seine Geschichte und konnte folglich auch nichts verraten. Aber das kümmerte ihn nicht. Früher oder später würde ihm etwas einfallen, das wusste er. Die meisten Geschichten handelten von den Missbildungen der Knochennager und wie sie damit umgingen. Edmes Geschichte hatte Faolan besonders berührt – sie erzählte, wie ihr im Lauf der Zeit bewusst wurde, dass ihr das Auge, ohne das sie geboren war, im Grunde gar nicht fehlte. Stattdessen stellte sie sich vor, dass es irgendwo über ihr am Himmel schwebte, um über sie zu wachen und ihr Mut zu machen.

Creakle schnitzte einen Knochen über seinen kraftvollen Sprung beim Todessprint, mit dem er das Rentier zu Boden gestreckt hatte. Er erzählte, dass er statt der fehlenden Pfote eine *Lochin*-Pfote besitze, die ihm gute Dienste leistete und seine Beinmuskeln gezwungen hatte, kräftiger zu werden.

Heep hüllte sich zunächst in Schweigen, aber Tearlach ließ nicht locker. Da sagte Heep schnell – verdächtig schnell –, dass er einen Knochen über die unverhofften Freuden der Demütigung schnitze. „Es ist eine philosophische Geschichte über die innere Erfüllung, die darin liegt, als niedrigstes aller Geschöpfe seinen Platz zu kennen. Und über die Schönheit und Gerechtigkeit der Großen Kette, die unser Leben hier auf Erden bestimmt.“ Heep schaute verstohlen zu Faolan hinüber. Edme erschauerte bis ins Mark, als sie das schadenfrohe Funkeln in Heeps Augen auffing. Hatte Faolan es auch gesehen?

Der Pfeifer gähnte laut bei Heeps scheinheiligem Geschwätz. Er selbst nagte eine Geschichte über eine seiner frühesten Erinnerungen. Er erzählte, wie er den Weg zurück zum MacDuncan-Clan gefunden und sich gefragt hatte, ob es nicht besser gewesen wäre, als Einzelgänger weiterzuleben. Es war eine mutige, ehrliche Geschichte, aber Heep kicherte verächtlich. „Darf ich den Pfeifer in aller Bescheidenheit fragen, wie er auch nur eine Sekunde lang auf den Gedanken kommen konnte, diesen edlen Clan zu verlassen und als Einzelgänger umherzustreifen?“

„Nein“, fauchte der Pfeifer, „darfst du nicht. Warte ab, bis mein Knochen fertig ist. Wenn du ihn siehst, geht deinem bescheidenen Verstand vielleicht ein Licht auf.“

Tearlach behielt seine Geschichte für sich, machte aber hin und wieder eine Andeutung. Faolan gab dagegen gar nichts preis. Als er sich endlich für eine Geschichte entschieden hatte, ging er zu dem Knochenstapel, als niemand in der Nähe war. Er wählte den Beckenknochen eines Murmeltiers aus. Der Knochen hatte einen schönen grauen Sprung, der quer darüberlief und Faolan unwillkürlich an den Fluss denken ließ, aus dem Donnerherz ihn gerettet hatte. Außerdem zierte ein Fleck die Oberfläche, der ihn an Donnerherz' Sommerbau erinnerte. Faolan fand es merkwürdig, dass die anderen Knochennager sich so wenig Zeit nahmen, um ihre Knochen zu studieren und die faszinierenden natürlichen Zeichnungen zu entdecken, die sie manchmal besaßen – Brüche, Schatten, leichte Vertiefungen. Ein einziges Mal hatte Heep sich den Riss in einem Knochen zunutze gemacht ... um Faolans Sprung über die Feuerwand zu schnitzen. Aber dieser Riss war so auffällig gewesen, dass man ihn beim besten Willen nicht übersehen konnte. Ansonsten achteten weder Heep noch die anderen Knochennager auf diese Muster in ihren Schnitzknochen.

Wenn man genau hinschaute, zeichnete sich auf jedem Knochen eine Landschaft ab, die bereits existierte. Danach ging alles wie von selbst: Man musste die Schnitzarbeit nur noch um diese Landschaft herum anordnen. Im Beckenknochen des Murmeltiers entdeckte Faolan den Fluss, ein Stück Himmel und den Sommerbau – nur Donnerherz fehlte, aber die Bärin würde er selbst hineinschnitzen. Die Geschichte drängte mit einer solchen Macht aus dem Knochen, dass Faolans Zähne schmerzten, weil er mit dem Nagen kaum nachkam.

Ein paar Tage später, nach einem langen Arbeitstag, entdeckte Faolan einen Baum mit einer Astgabel, die sich gut als Schlafplatz eignete. Er war schon einmal auf einen Baum gesprungen – damals, als er den Puma in den Frostlanden gejagt hatte. Jetzt musste er ungefähr genauso hoch springen. Im Vergleich zu dem Sprung, mit dem er sich über die Feuerwand gerettet hatte, war das allerdings ein Kinderspiel.

Faolan musste kaum Anlauf nehmen, um sich in den Baum hinaufzuschwingen. In null Komma nichts saß er oben und legte die Beine über die Äste. Er entdeckte zwei weitere Astgabeln auf der Rückseite des Baums, die mit seiner verflochten waren. Der Anblick erinnerte ihn an die Körbe, in denen Glutsammler- und Schmiedeeulen ihre Glut transportierten – nur viel größer natürlich. Es war ein perfekter Bau, falls man dieses Gebilde so nennen konnte.

Faolan machte es sich darin bequem und blickte durch die schwarze Nadelstickerei der buschigen Fichte zum Himmel empor. Die Sterne gingen gerade auf und er sah das erste Geweih des Rentiersternbilds. Unwillkürlich dachte er an den *Drumlyn*, den er vor fast einem Jahr für die erbeutete Rentierkuh aufgeschichtet hatte. Er hatte es mit guten Gefühlen getan, nicht wie jetzt, wenn er die mörderisch zerbissenen Knochen des kleinen Welpen auf dem Tafelfelsen aufsammelte. Faolan erschauerte in seinem Himmelskorb – so nannte er den Bau in Gedanken. Hier oben fühlte er sich dem Himmel ganz nah, als müsse er nur die Pfoten ausstrecken, um an die Sterne zu reichen. Die Geweihspitze des aufsteigenden Rentiersternbilds war ein Zeichen. Der Große Sternenwolf würde bald zurückkehren, um den Geistnebel des ermordeten *Malcadh* in die Höhle der Seelen zu führen.

Faolan drehte sich um und hielt die gespreizte Pfote in das Mondlicht direkt über ihm. Da war es, das *Malcadh*-Zeichen – jenes schwache Spiralmuster, das wie ein kreisender Stern aussah. In seinen Gedanken verschmolz die Zeichnung an der Pfote mit einem Sternenwirbel am Himmel. Erneut überkam ihn das Gefühl, dass er Teil von etwas Größerem war – Teil eines größeren Musters. Doch dieses Muster war selbst nur ein winziger Bruchteil eines großen Ganzen, einer endlos kreisenden Harmonie. Er dachte an jene schreckliche Nacht, als er Donnerherz' Schädel gefunden und seinen Schmerz in die Dunkelheit geheult hatte. Damals hatte ihn der Gedanke getröstet, dass es in dieser ganzen kreisenden Unendlichkeit einen Moment gegeben hatte, der Donnerherz und ihn zusammenführte. Sein *Glaffling*, wie die Wölfe das Trauerheulen nannten, war nicht nur ein Klagegesang, sondern zugleich auch ein Dankgebet. Jetzt kehrten die Worte seines Trauerheulens in sein Gedächtnis zurück:

Kreisend, für immer kreisend,
Bär, Wolf, Rentier.
Wer kann sagen, wann alles begann
und wann es enden wird?
Wir alle sind Teil eines Ganzen,
von einfachsten Anfängen nur.
Jeder ist anders
und doch sind wir eins.
Eins und immerdar,
Donnerherz währt ewig,
jetzt und für alle Zeit.

Als Faolan die Grenze zum Schlaf überschritt, verhallte das Lied. Er trat in eine Traumwelt ein, wanderte durch eine sternfunkelnde Nacht und hielt nach dem kleinen *Malcadh* Ausschau. Er wollte sichergehen, dass es heil die Sternenleiter zur Höhle der Seelen hinaufgeklettert war.

Ich bin ein Sterngeher!, dachte er im Traum, während er durch die Sternbilder glitt und nach dem *Malcadh* suchte. Er wusste, dass er träumte. Aber dieser Traum war viel wirklicher, viel greifbarer als alle Träume, die er je gehabt hatte. Die Nachtluft blies um seine Pfoten und sein silbernes Fell fing das Flackern der Sterne ein, bis er in einen strahlenden Lichtnebel eingehüllt war.

Alles ist so wirklich. So wirklich und vertraut. War ich etwa früher schon mal hier? Aber das konnte nicht sein. Welcher sterbliche Wolf wäre je auf den Sternen gewandelt? Faolan war ja nicht tot. Ein langer Schatten fiel jetzt über die nächtliche Landschaft seines Traums und ließ ihn erschauern. Ihm war, als zöge sich das Mark in seinen Knochen zusammen. Und dann hörte er es – *Klick-klick-klick ... Nein, nicht hier! Alles, nur das nicht!*

Er schreckte so heftig hoch, dass er fast von der Astgabel fiel. Mit gespitzten Ohren lauschte er in die Nacht. Aber da war nur Stille, kein nervtötendes Zahnklicken weit und breit. „Ich habe ihn nur im Traum gehört", wisperte Faolan beschwörend vor sich hin. *Nur im Traum!*

Er spähte durch das Astgeflecht in die sternenübersäte Nacht, die er im Traum gerade durchwandert hatte. Mit zusammengekniffenen Augen betrachtete er die Sternbilder. Plötzlich entstand eine Vision in ihm, ein Bild von den winzigen Knöchelchen mit den nadelspitzen Bissspuren. Wäre er doch nur fähig, diese Spuren sinnloser Gewalt zu durchschauen! Er spürte, dass viel mehr dahintersteckte, als er bisher erkannt hatte.

Faolan sah die kleine Wölfin vor sich, wie sie von der Sternenleiter sprang und ihrem Mörder knurrend blutige Rache schwor. Erst wenn der Mörder entlarvt war, würde sie ihren Frieden finden. Plötzlich wusste Faolan, was er zu tun hatte. Er würde zum Welpenkamm gehen und die Knochen holen, die er bei Donnerherz vergraben hatte.

Lautlos stieg er vom Baum herunter und blickte noch einmal zum Himmel empor. Der Mond leuchtete hell. Hoffentlich bemerkte ihn niemand, wenn er das Lager verließ. Aber dann entdeckte er eine riesige Wolke, die von Osten heranzog. Er wartete ab und nachdem die Wolke sich über den Mond geschoben und das Land verfinstert hatte, brach er im Laufschritt auf.

Geisterwolf

Heep hatte schon im letzten Mond, dem Eisbruchmond, Verdacht geschöpft, dass Faolan etwas Böses im Schilde führte. Je näher das Ende des *Gaddernag* rückte, desto finsterer wurde es in seinem Herzen. Heep wusste im tiefsten Mark seiner Knochen, dass es ihm bestimmt war, zum Gardewolf auserwählt zu werden. Wenn der jetzige König von Ga'Hoole starb und ein neuer König die Glut von Hoole zurückeroberte, würden alle Gardewölfe von ihren Pflichten entbunden werden. Wie bei Hamisch, dem großen Fengo mit dem verdrehten Bein, würden ihre Missbildungen mit einem Schlag verschwinden. Dann endlich würde er einen Schwanz bekommen. Wie lautete die Prophezeiung noch? Alle körperlichen Gebrechen wurden geheilt, alles Krumme wurde gerade und alles Missgebildete wendete sich zum Guten und wurde zu einer Quelle der Kraft. Das war kein Traum, keine Legende. Sondern die Wahrheit.

Trotzdem war Heep der Verzweiflung nahe, denn er befürchtete, dass Faolan den Misserfolg beim *Byrrgis* durch seine Schnitzkunst wettmachen würde. Die anderen Knochennager konnten Heep nicht gefährlich werden. Er war schließlich ein MacDuncan. Die MacDuncans hatten die Vulkanwache ins Leben gerufen und wurden bei der Wahl bevorzugt, auch wenn neuerdings alle Teilnehmer berücksichtigt werden mussten.

Heep musste Faolan ein für alle Mal aus dem Wettkampf schlagen. Und vor ein paar Tagen war ihm endlich eine geniale Idee gekommen. Wieso war ihm das nicht gleich eingefallen? Mit funkelnden Augen sah er Faolan in der Nacht verschwinden. *Na warte*, dachte er. *Wenn du zurückkommst, hast du ausgespielt.* Als wollte er Heep verhöhnen, strich der prächtige Silberschwanz in die Nacht hinaus – wie eine siegreiche Flagge wehte er hinter dem verhassten Rivalen her. Heep durchzuckte der altbekannte Phantomschmerz an der Stelle, an der sein eigener Schwanz hätte wachsen sollen. *Sobald der Morgen graut, bist du erledigt*, dachte er grimmig.

Heep wartete, bis Faolan verschwunden war, dann lief er ein Stück weit in die entgegengesetzte Richtung. Dort kannte er eine einsame Stelle mit drei zusammengewachsenen Birken. Ihre Stämme hatten sich verknotet und die Wurzeln waren hoffnungslos verheddert. Ein solcher Ort galt unter den Wölfen als fluchbeladen, als Unglücksstätte. Es hieß, dass die Samen solcher Bäume bei Mondfäule aufgegangen wären – zu jener Zeit des Tages, wenn der Schatten des Mondes von der vorigen Nacht noch am Himmel hing. Aber das kümmerte Heep nicht. Es war ein ideales Versteck für seinen Knochen, den wahren Knochen, den er zu schnitzen begonnen hatte und der die Geschichte des *Malcadh* erzählte, das von einem Wolf ermordet worden war. Nicht von einem x-beliebigen Wolf, sondern von einem Knochennager! Heep hatte sogar noch einen weiteren Knochen, den er präsentieren konnte – einen Beweisknochen.

„Wach auf, Dearlea, wach auf!" Mairie stieß ihre Schwester gegen die Schulter und knuffte sie unsanft in die Wange.

„Was ist? Wieso weckst du mich? Lass mich in Ruhe!"

„Es ist wegen Faolan."

„Faolan? Was ist mit ihm?", murmelte Dearlea schläfrig. „Hat er noch einen schlimmen Knochen geschnitzt? Mach dir nicht so viele Gedanken. Die MacDuffs haben ihm nie über den Weg getraut. Aber die trauen keinem."

„Es geht nicht um den Knochen."

„Was dann?"

„Faolan ist mitten in der Nacht fortgegangen."

„Das ist sein gutes Recht. Solange er pünktlich zu allen Wettkämpfen erscheint, kann er tun, was ihm passt."

„Aber mitten in der Nacht? Das ist doch komisch, gib's zu."

„Großer Lupus! Du wirst immer macduffiger!"

„Nein, ich mach mir nur Sorgen. Er bewegt sich auf dünnem Eis, bei all den Gerüchten über ihn."

„Hast du ihn weggehen sehen?" Dearlea hatte sich aufgesetzt. Sie schüttelte den Kopf, um ihren Geist zu klären, und gähnte, aber nicht aus Langeweile. Nachdenklich starrte sie auf ihre Pfoten. Dann legte sie eine über die andere, eine Geste, die Mairie nur zu gut kannte. Dearlea machte das immer, wenn sie nachdachte. „Ich weiß, was du meinst", sagte sie schließlich. „Und ehrlich gesagt, mache ich mir auch Sorgen. Was hat dieser Faolan nur an sich, dass … dass …"

„Dass man ihn beschützen will?", ergänzte Mairie den Satz ihrer Schwester.

„Ja, ich glaube, das ist es. Obwohl er so stark ist, wirkt er … also nicht schwach oder so, aber irgendwie … verletzlich."

„Ja, genau. Und wenn er einfach so mitten in der

Nacht verschwindet, bekomme ich Angst, dass er sich in Schwierigkeiten bringt." Mairie hielt einen Augenblick inne. „Und er geht weit, verstehst du?"

„Woher weißt du das?"

„Ich bin ihm einmal gefolgt. Aber als ich sah, wie weit er läuft, wusste ich, dass ich nicht rechtzeitig bis Tagesanbruch zu Hause sein würde, um Mama und Papa bei den Kleinen zu helfen. Also bin ich umgekehrt."

„Aber er schafft es?"

„Ja, Faolan ist schnell. Ich hab ihn zurückkommen sehen und er wirkte ziemlich erschöpft. Aber heute Nacht habe ich den Schatten eines zweiten Wolfs bemerkt, als Faolan wegging."

„Jemand, den wir kennen?"

„Weiß nicht. So genau konnte ich ihn nicht sehen. War ja nur ein Schatten. Aber deshalb mach ich mir noch mehr Sorgen als sonst. Wenn ein anderer Wolf ihn beobachtet hat und etwas weiß ... Es gibt genug Wölfe, die nur darauf warten, dass er zu Fall kommt."

„Oder die ihn selbst zu Fall bringen möchten", fügte Dearlea hinzu.

Falsches Zeugnis

Faolan starrte erst auf den winzigen Rippenknochen und dann auf ein Stück des Kieferknochens. Er kauerte sich nieder, blinzelte ein paarmal und legte den Kopf von einer Seite auf die andere. Er betrachtete die Landschaft des Knochens, die durch die wütenden Bissspuren verstümmelt war. Jeder Knochen erzählte eine Geschichte, selbst der Knochen eines so winzigen Welpen. Aber hier konnte er nur eine einzige Geschichte ablesen – die von Mord und roher Gewalt. Der Knochen war teilweise zerquetscht worden. Das Mark war herausgesickert, sodass er hohl wie ein Eulenknochen war. Zuerst nahm Faolan einen der bröckeligen Ränder in Augenschein und ließ den Blick von dort aus zum festen Mittelteil des Knochens zurückwandern. Unter den wilden Zickzackspuren entdeckte er etwas, das ihm das Blut in den Adern stocken ließ. Es war das erste Wort der unvollendeten Geschichte – eine Zahnzacke. Nicht irgendeine, sondern *die* Zahnzacke! Der Abdruck, den Heeps kaputter Backenzahn hinterließ. Faolan hatte diesen Zahn genau gesehen, als Heep den Rachen aufgerissen hatte, um ihn vom Todessprint abzulenken. Noch immer hallte ihm das Geräusch in den Ohren.

„Großer Lupus, wieso fällt mir das jetzt erst auf?", knurrte er. Ihm kochte das Mark in den Knochen. Heep war der Mörder! Er hatte den Welpen zerfleischt.

Wann immer Faolan zum Welpenkamm gekommen war, hatte er den Beweis vor Augen gehabt, ohne dass ihm ein Licht aufgegangen war. Jetzt drängten plötzlich Dutzende von Zackenspuren an die Oberfläche der Knochen, als wollten sie ihn für seine Blindheit verhöhnen.

Faolan nahm so viele Welpen-Knöchelchen ins Maul, wie er nur tragen konnte. Im Angriffstempo rannte er zum Lager zurück. Die Wut beflügelte ihn, sodass er nicht einen Moment langsamer wurde. Hügel flogen an ihm vorbei und er sprang über Bäche, in denen er einst geschwommen war. Ein starker Westwind blies dicke Wolken vor sich her, doch im Vergleich zu Faolan, der wie ein Silberpfeil dahinflog, trieben sie wie träge Fettklöße über seinem Kopf. Sein Herz brannte vor Zorn und Liebe. Liebe zu dem kleinen Geschöpf, das nie groß werden durfte. Und Zorn auf Heep und seine abscheuliche Tat. Die Geschichte des *Malcadh* würde nun ein Ende finden.

Als Faolan das Lager fast erreicht hatte, überraschte ihn das Heulen der *Skrielin.* „Knochennager Faolan ist im Anmarsch!"

Es folgte ein hohes Schrillen von Dutzenden von Wölfen. Bald konnte er einzelne Worte ausmachen. „Dunkelwelt ... Wyrrwolf ... Dämonenwolf ... Hexer ... Mörder!"

Ehe er wusste, wie ihm geschah, stürzten sich zwei Wölfe von beiden Seiten auf ihn. Der eine biss ihn mit aller Kraft in die Hüfte. Ein paar andere Wölfe zerrten den Angreifer weg, aber im nächsten Moment warfen sich neue Rüden auf ihn und drückten ihn auf den Boden, sodass er kein Wort herausbringen konnte.

Das Gedränge vor ihm teilte sich, als wollten die Wölfe Platz machen. „Da kommt er. Da kommt er."

Wer kommt?, dachte Faolan. *Was in aller Welt ist hier los?* Ihm wurde fast die Luft aus dem Körper gepresst und er konnte den Blick nicht heben, um nachzusehen, wer oder was auf ihn zukam.

„In aller Demut und Bescheidenheit bezeuge ich hiermit, dass dieser Wolf wirklich und wahrhaftig der Mörder des *Malcadh* ist. Den Beweis dafür werde ich, ein niedriger Knochennager, ein schwanzloser Wolf, mit der gebührenden Ehrerbietung dem *Raghnaid* vorlegen."

Raghnaid? Mörder? Beweis? Faolan lauschte mit wachsendem Entsetzen Heeps verlogenem Gerede. Was für ein Beweis? Er, Faolan, hatte doch die Beweisstücke mitgebracht. Erdrückende Beweisstücke. Nur leider waren ihm die Knochen aus dem Maul gefallen, als er zu Boden gedrückt worden war.

Lord Adair trat vor und befahl den Wölfen, von Faolan abzulassen, damit er aufstehen konnte. „Faolan, du wirst unverzüglich in die Streunerburg vor den *Raghnaid* gebracht. Du bist des Mordes angeklagt!"

„Des Mordes?"

„Des Mordes an einem *Malcadh*."

„Das ist unmöglich. Nein!"

Gwynneths Warnung schoss ihm durch den Kopf: *Vielleicht geben sie dir die Schuld daran* ... Wie es schien, behielt die Eule Recht.

„Lasst das Zerfleischen beginnen!", schrie jemand. Erneut stieg ein schrilles, vielstimmiges Heulen in die Luft.

„Nein, noch nicht. Wartet das Urteil des *Raghnaid* ab!", bellte ein Wolf.

Zwei weitere Wölfe erschienen und drängten sich an Faolans Seite. Im nächsten Moment riss ihn eine Woge von Wölfen, die sich an seine Flanken hefteten, unerbittlich vorwärts.

„Meine Knochen! Meine Knochen!", rief er verzweifelt.

„Welche Knochen?", fragte Lord Adair.

„Die Knochen, die mir aus dem Maul gefallen sind. Das sind *meine* Beweise." Aus dem Augenwinkel glaubte er zu sehen, wie Lord Adair die winzigen Welpenknöchelchen aufhob. Hoffentlich täuschte er sich nicht. Die Knochen waren seine einzige Hoffnung.

Im Lager empfing ihn tödliches Schweigen. Faolan wurde schnurstracks in die Versammlungshöhle gebracht. Überall standen Gaffer herum und zwei Wölfe liefen bellend voraus, um den Weg freizumachen. Faolan entdeckte Mairie und Dearlea, die stumm vor sich hin weinten. Wie hatte es nur so weit kommen können? Benommen ließ er sich in die Höhle direkt vor Liam stoßen. An Liams Seite stand Cathmor, die Gefährtin des verstorbenen MacDuncan, und machte ein bitterböses Gesicht. „Fang endlich an!", sagte sie zu ihrem Sohn und gab ihm einen Stoß.

„Faolan, Knochennager des MacDuncan-Clans, zum zweiten Mal in weniger als einem Jahr musst du vor dem *Raghnaid* erscheinen, um auf die Beschuldigungen zu antworten, die in einen Schnitzknochen eingeschrieben sind."

„Wartet!" Faolan blickte sich Hilfe suchend nach

Lord Adair um. „Bringt die Knochen her, die ich mitgebracht habe!"

Lord Adair trat vor und ließ das kleine Knochenhäufchen auf den Boden fallen. Faolan atmete auf, als er die winzigen weißen Knochenstücke sah. „Ich bitte Euch, Herr, werft einen Blick auf die Knochen zu meinen Füßen. Nur ganz kurz. Ich habe diese Knochen als Beweisstücke für die Ermordung des *Malcadh* hergebracht."

„Was hat das nun wieder zu bedeuten?", knurrte Lord Adair. „Warum sollte ein Mörder den Beweis für sein eigenes Verbrechen mitbringen?"

„Ganz einfach, weil ich nicht der Mörder bin. Der Knochennager Heep aus dem Flussrudel hat das kleine Welpenmädchen ermordet."

„Aber Heep hat uns doch gerade den Beweis geliefert."

„Was für einen Beweis?", brüllte Faolan. Zwei große Wölfe warfen sich von hinten auf ihn und zerrten ihn am Schwanz, bis er auf den Rücken fiel. Mit wildem Blick sah er zu den Wölfen auf, die ihn grimmig anstarrten.

Ich muss ruhig mit ihnen sprechen. Ich muss mich vernünftig verhalten, wie Duncan MacDuncan es mir gesagt hat.

„Lasst ihn aufstehen", befahl das Oberhaupt.

Faolan erhob sich wankend.

„Heep hat den Knochen genagt, der die Geschichte des Mordes an dem …“, begann Liam MacDuncan, doch als sein Blick auf das Häufchen winziger Knochen fiel, verschlug es ihm die Sprache.

„Genau das ist es!“, bellte Faolan scharf. „Eine elende Lügengeschichte, sonst gar nichts!“ Er ließ die Ohren vorschnellen und hielt den Schwanz steif ausgestreckt, eine Haltung, die kein Knochennager sich jemals erlauben durfte. Aber das war Faolan egal. Wenn er schon zu Unrecht verurteilt wurde, dann wenigstens nicht mit eingeklemmtem Schwanz! Ein Feldwebel des *Raghnaid* riss ihn grob zu Boden, doch Faolan stand wieder auf.

„Hat Heep Euch die Knochen des *Malcadh* gebracht? Nein! In diese Knochen ist die wahre Geschichte eingeritzt – und zwar von Heep höchstpersönlich! Hier, seht doch!“

Liam MacDuncan trat näher und funkelte Faolan zornig an. „Heep hat uns einen Knochen gebracht – einen Knochen, den *du* geschnitzt hast! Er wird ihn gleich dem *Raghnaid* vorlegen.“

Das war unmöglich! Doch dann fiel Faolan der Knochen ein, den er zu nagen begonnen hatte und der plötzlich verschwunden war. Natürlich! Heep war ihm zu dem Welpenkamm gefolgt. Der halb fertige Knochen war der Beweis, der ihm jetzt zum Verhängnis werden sollte.

Liam MacDuncan wandte den Kopf um. „Tritt vor, Heep. Lies den Geschichtenknochen, den du über die Ermordung des *Malcadh* geschnitzt hast.“

Zögernd trat Heep vor. Er hielt den Knochen im Maul und mied ängstlich Faolans Blick, der ihm wütend in die Augen schaute – ein Blick, der Heep durch Mark und Bein ging.

„Eines Tages zu Beginn des ersten Schneemondes wanderte ich zu der großen Hügelkette, um in der Schmelzwasserrinne nach Knochen zu suchen. Es ist ein guter Fundort für Nageknochen, von denen es seit der großen Flut nicht mehr viele in Flussnähe gab.“

Was für ein Haufen Elchkacke!, dachte Faolan im Stillen. Er selbst hatte Hunderte von Knochen seit der großen Überschwemmung gefunden.

„Als ich den Nordhang des Bergrückens absuchte, entdeckte ich die frischen Spuren von zwei Wölfen. Eine der beiden war etwas älter. Es war die Spur unserer geschätzten Obea Lael, wie ich sofort erkannte. Ich erinnerte mich, dass ich sie durch den Fluss zurückkommen sah, während ich auf der anderen Seite hineinwatete. Die andere Spur stammte eindeutig von einem Wolf mit einer gespreizten Pfote. Daran ließen die Abdrücke keinen Zweifel.“

Faolan wollte protestieren, denn beim Laufen hinterließ er nie solche Spuren. Zwei Wölfe warfen ihn jedoch zu Boden, bevor er auch nur ein Bellen ausstoßen konnte.

„Noch so ein Ausbruch und ich lasse dich aus dem Saal entfernen!", brüllte Liam.

„Als ich weiter den Hang hinaufkletterte", fuhr Heep fort, „hörte ich die Todesschreie eines Welpen, der von einem Räuber gerissen wurde. Ich betete voller Demut, aber mit großer Inbrunst, dass seine Leiden schnell vorübergehen mögen. Natürlich dachte ich, eine Eule wäre über das *Malcadh* hergefallen. Aber nun lege ich diesen Knochen vor." Er ließ den teilweise benagten Knochen vor das Oberhaupt fallen. „Ich frage Euch, Herr, wäre eine Eule je dazu fähig, einen Knochen so zuzurichten?"

Bei der letzten Bemerkung stieg entrüstetes Gemurmel aus der Versammlung auf.

Plötzlich begann Heep hemmungslos zu schluchzen. „Stellt Euch mein Entsetzen vor, als ich den Mörder weggehen hörte, auf den Gipfel hinauflief und dort Faolan vorfand – mit blutverschmierter Schnauze!" Heep schluchzte noch heftiger und drehte sich zu den Geschworenen des *Raghnaid* um. „Und nun erlaube ich mir in aller Demut, meine geehrten Wolfsbrüder, auf die meisterhafte Schnitzarbeit hinzuweisen. Nur der Knochennager Faolan bringt ein solches Kunstwerk zustande. Auf diesem Gebiet besitzt er eine große Begabung, wie wir alle wissen."

„Ach was, Begabung! Nur ein Dämon bringt so etwas zustande!"

„Oder ein Wyrrwolf!"

„Zerfleischt ihn endlich, wie das Gesetz des *Caddernock* es verlangt!"

Das Knurren des Oberhaupts brachte die Wölfe zum Schweigen. „Warum hast du uns nicht schon früher von diesem schrecklichen Verbrechen berichtet, Heep?", fragte er.

„Weil ich Angst hatte. Dieser Faolan ist mir nicht geheuer. Wenn ihr mich fragt, stammt er aus der Dunkelwelt. Die Knochen, die er schnitzt, sind eine Beleidigung für den Großen Lupus und unsere verehrten Anführer. Aber ihre Macht ist unbestreitbar."

Ein paar der Ältesten aus dem MacDuff-Clan murrten zustimmend.

„Das ist nichts als abergläubischer Unsinn", knurrte Faolan.

Liam MacDuncan versetzte ihm einen scharfen Biss.

Niemand bemerkte die Eule, die heimlich in die Höhle schlüpfte. Eulen besitzen die Gabe, sich absolut still zu verhalten. Mit einer bestimmten Bewegung – sie nennen es „Schwundeln“ – können sie auf die Hälfte ihrer Größe zusammenschrumpfen. Gwyneth verschmolz nahtlos mit den Flammenschatten, die an den Wänden der Feuergrube tanzten. Nur eines ihrer Augen war einen Spaltbreit geöffnet und sie lauschte stumm.

„Sind das alle Knochen des ermordeten Welpen, Faolan?“

„Nein, Herr. Es gibt noch mehr davon.“

„Und wo, wenn ich fragen darf?“

„Ich habe sie vergraben.“

„Du hast sie vergraben? Bist du vollkommen *cag mag* geworden? Wo? Heraus mit der Sprache!“

„Da seht ihr es!“, stieß Heep hervor. „Dieser Wolf kommt aus der Dunkelwelt.“

„Ich habe die Knochen bei meiner zweiten Milchmutter Donnerherz begraben, am Nordhang der Salzlagune.“

Faolans Worte gingen im Fauchen der Wölfe unter, die immer lauter danach verlangten, ihn endlich zerfleischen zu dürfen. „Ich wollte das *Malcadh* ehren, indem ich seine Knochen benage.“

„Der Mörder ehrt das Opfer!“, kreischte Cathmor los. „Du bist ja krank, Knochennager!“

„Krank! Zerreißt ihn endlich! Lasst das Zerfleischen beginnen!“

Es dauerte eine Weile, bis Liam MacDuncan sich wieder Gehör verschaffen konnte. „Die Ermordung eines *Malcadh* ist das schlimmste Verbrechen, das ein Wolf begehen kann, und wird mit dem Tod bestraft. Der Mörder wird von den Rudeln aller Clans unter Anführung der Obea zerfetzt. Das Zerfleischen muss langsam und qualvoll geschehen. Dem Mörder wird nicht die Gnade eines schnellen Todes zuteil, indem seine Halsschlagader durchtrennt wird. Und es gibt für ihn auch kein *Lochinvyrr*, denn sein Leben ist nicht würdig. Sein Fleisch darf nicht angerührt werden, denn es ist nicht *morrin*. Es wird von den Knochen gerissen und den Raben zum Fraß vorgeworfen. Die Knochen selbst werden verbrannt und niemals benagt. Hast du das verstanden?"

„Warum sollte ich diese Frage beantworten, wenn ich das Verbrechen gar nicht begangen habe? Ich habe Euch die Knochen des *Malcadh* gebracht, denn diese Knochen bezeugen zweifelsfrei, wer der wahre Mörder ist." Faolan sprach mit ruhiger Stimme. Er hielt den Schwanz ausgestreckt und seine Ohren waren noch immer nach vorn gerichtet. „Auf all diesen Knochen zeichnet sich eine Zahnzacke ab. Und wenn Ihr genau hinschaut, seht Ihr diese Zacke nicht nur auf den Knochen des *Malcadh*, die ich euch mitgebracht habe, sondern auch auf dem Knochen, den

Heep als Beweis vorgelegt hat, sowie auf seinem Geschichtenknochen. Und eins steht fest: Diese Zacke stammt nicht von meinen Zähnen!“

Während Faolan redete, senkte sich betroffenes Schweigen über die Höhle. Die Wölfe konnten sich keinen Reim auf die Zacke machen, aber zumindest hörten sie Faolan zu. Dann raschelte etwas und ein Windstoß fegte durch den Raum. „Die Sark. Die Sark vom Sumpfmoor!“, murmelten die Wölfe rau. „Was will die denn hier?“

Die Sark drängte sich durch die Reihen der Anführer und Clan-Offiziere und lief vor dem Oberhaupt hin und her. „Es wäre ratsam, auf die Worte des Knochennagers Faolan zu hören“, hob sie an. Abrupt warf sie den Kopf herum und ging auf Heep zu, der sofort zurückwich und die übliche Unterwürfigkeitshaltung einnahm. „Und jetzt zu deinem sogenannten Beweis, Heep. Das ist interessant, wahrhaftig!“

Die Wölfe fürchteten die Sark und ihre magischen Kräfte, sonst wäre sie sofort aus der Höhle hinausgeworfen worden. Einer der Offiziere, der gerade Faolan zu Boden gerissen hatte, trat einen Schritt vor, zog sich jedoch auf ein Signal von Cathmor schnell wieder zurück.

„Sei so freundlich und gib mir deinen Geschichtenknochen, Heep“, sagte die Sark.

Der gelbe Wolf wälzte sich vor Unterwürfigkeit im Staub. „Ich lege diesen Knochen nicht nur als Kunstwerk vor, sondern als Zeugnis für ein grauenhaftes Verbrechen“, brachte er mit belegter Stimme hervor.

„Ah ja, *Zeugnis*. Du weißt doch, was das Wort bedeutet, Heep?“ Die Sark lief weiter auf und ab und peitschte den zottigen Schwanz hin und her. Ihre Halskrause sträubte sich, als sei ein Wirbelsturm vom Großen Nordmeer hindurchgefegt. Ein Auge rollte wild in der Augenhöhle, das andere war fest auf den Boden geheftet.

„Ja, ich denke schon“, erwiderte Heep. „Ein bescheidener Knochennager wie ich mag vielleicht nicht genug Verstand besitzen, um solche ... solche ...“

„... solche Feinheiten zu würdigen, meinst du? Die vielfältigen Abstufungen und Schattierungen der Welt? Wolltest du das vielleicht sagen?“

„Ja, ja! Genau das.“

„Nun, dann erlaube mir, dass ich dich aufkläre. Ein Zeugnis beinhaltet den Beweis für die Wahrheit. Die Wahrheit als solche duldet weder Abstufungen noch Schattierungen. Aber ein Beweis lässt sich auf die eine oder andere Art verändern, wenn er zum Beispiel bearbeitet oder benagt wird.“ Die Sark legte eine kleine Spannungspause ein, dann fuhr sie wie beiläufig fort, als sei nichts gewesen: „Darf ich den Knochen sehen – den Geschichtenknochen?"

„Ja, natürlich." Heep stand auf und ließ den Knochen vor der Sark fallen. In der Höhle war es jetzt so still, dass man ein Fellhaar hätte fallen hören.

„Ah!", machte die Sark und rollte den Knochen unter ihrer Pfote. „Ein schöner Knochen. Der Rippenknochen eines Elchs, nehme ich an. Großzügige Arbeitsfläche, bietet reichlich Platz für deine Geschichte ...", sie hielt inne, um sich zu verbessern, „für deinen *Beweis*, meine ich."

„Ja, mein Beweis, verehrte Sark. Zusammen mit dem Knochen des *Malcadh*, den Faolan geschnitzt hat", bestätigte Heep.

„Aha, und hier sehe ich eine deutliche Zahnspur, die von einem rechten Backenzahn stammt." Erneut hielt die Sark inne. „Eine Zacke! Und dieselbe Zahnspur ist auf dem Knochen mit Faolans kunstvoller Schnitzarbeit zu sehen. Das heißt also, dass dein Geschichtenknochen und der Knochen, den Faolan geschnitzt hat, mit derselben Zacke behaftet sind. Nun frage ich dich, wie soll das möglich sein? Dein Knochen ist eine Elchrippe, die Faolan nie angerührt hat. Und bei genauerer Betrachtung weisen alle Knochen, die Faolan vorgelegt hat, dieselbe Zackenspur auf." Die Sark blickte sich in der Höhle um. Als sie endlich weitersprach, wirbelte ihr Auge noch heftiger herum. „Es ist die Spur einer Zacke an deinem rechtslateralen Backenzahn – wissenschaftlich ausgedrückt –, der sich so hervorragend zum Zerquetschen und Zerkleinern von Fleisch eignet."

Faolan erschauerte bis ins Mark. Sein Herz raste. Worauf wollte die Sark hinaus?

„Fast so etwas wie dein Markenzeichen, könnte man sagen. Interessant, nicht wahr, Heep?" Die Sark hielt wieder inne. „Obwohl ich wetten möchte, dass dein größtes Problem nicht etwa deine Zähne sind, sondern dein Schwanz. Ich meine, dein nicht vorhandener Schwanz."

Heep begann zu zittern.

Die Sark wirbelte herum und wandte sich nun an die über drei Dutzend Wölfe, die in der Höhle versammelt waren. „Ich besitze einen winzigen Knochen des *Malcadh*, das auf dem Bergrücken ermordet wurde. Der *Raghnaid* möge mir gestatten, diesen Knochen vorzulegen, damit jeder in der Versammlung ihn begutachten kann. Ich bitte die Geschworenen, auf die gezackte Zahnspur zu achten. Da der Knochen unzählige Bissspuren aufweist, ist es nötig, sehr genau hinzusehen." Die Sark wartete ab, bis das Gemurmel der Wölfe um sie herum verstummt war. Ein boshaftes Grinsen huschte über ihr Gesicht. Jetzt sah sie wirklich wie eine Hexe aus. „Darüber hinaus kann ich bezeugen, dass der Knochennager Faolan zu mir kam, kurz nachdem er das *Malcadh* auf dem *Tummfraw* gesehen hatte. Er trug den Geruch eines lebenden Welpen an sich und ich habe nicht die geringste Spur von *Malcadh*-Blut an ihm gesehen. Zusammen mit den Knochen beweist dies zweifelsfrei …"

„Was? Was?" Heep sprang auf.

„Haltet ihn fest!", befahl das Oberhaupt.

Erneut fegte ein Luftzug durch die Höhle. Gwynneth schoss aus den Schatten hervor, in denen sie sich verborgen gehalten hatte. „Ich war Zeugin des Verbrechens. Ich hörte die Todesschreie des armen Welpen, als ich über den Bergkamm flog. Wegen einer dicken Wolkendecke konnte ich nichts sehen, aber ich hörte das Keuchen eines Wolfs, der das arme kleine Wesen auf dem *Tummfraw* zerfetzte."

„Du hast nichts gesehen? Wie kannst du dann wissen, dass ich es war, und nicht ein anderer Wolf?", kläffte Heep.

„Es war kein anderer Wolf. Ich hörte auch das Klicken eines beschädigten Zahns", erwiderte Gwynneth. „Damals dachte ich mir nichts dabei. Vor Entsetzen über diese schreckliche Tat konnte ich keinen klaren Gedanken fassen. Aber ich hörte das Klicken."

„Und wir auch!“ Jetzt traten Dearlea und Mairie vor.

„Ihr?“, keuchte Heep. „Wieso ihr?“

„Vor vier Tagen kamen wir in euren Schnitzkreis“, sagte Mairie. „Faolan hat uns erzählt, wie du ihn mit dem Klicken beim *Byrrgis* aus dem Rhythmus gebracht hast. Er sagte, du kannst dieses Geräusch auch machen, wenn du nicht nagst. Und dass es ihn fast in den Wahnsinn getrieben hat.“

„Außerdem hast du dieses Geräusch beim *Byrrgis* absichtlich gemacht“, fügte Dearlea hinzu. „Nur deshalb ist Faolan gestolpert und hat seinen Einsatz beim Todessprint verpasst.“

Faolan konnte kaum fassen, was hier geschah. Tränen traten ihm in die Augen, bis alles vor seinem Blick verschwamm. Seine Halskrause bebte vor Glück und er wedelte freudig mit dem Schwanz. Freunde! Plötzlich hatte er Freunde, die für ihn einstanden, die vortraten, um die Wahrheit zu offenbaren!

„So etwas würde ich nie tun!“, protestierte Heep.

„Und ob du so etwas tun würdest“, knurrte die Sark. „Ich habe eine Mischung aus mehr oder weniger deutlichen Duftmarken aufgefangen. Ich brauchte eine ganze Weile, um auf die Geruchsspur des Mörders zu kommen, denn sie war eng mit der des *Malcadh* verbunden. Das tapfere kleine Geschöpf hat sich gewehrt und dem Mörder einen blutigen Kratzer verpasst, wenn auch nur einen winzig kleinen. Aber es ist Blut geflossen, das Blut des Mörders!" Die Sark nickte zu Heep hinüber und holte tief Luft. „Ich habe den Geruch gefunden."

„Den Geruch ... Geruch ... die Sark ... ein Geruch." Wie ein Funke aus der Glut flogen jetzt die Wörter „Sark" und „Geruch" durch die Höhle.

„Und der Geruch, den ich gefunden habe, war ..." Bevor sie den Satz zu Ende bringen konnte, schoss ein gelber Blitz durch die dunklen Schatten der Höhle wie eine Flamme aus der Feuergrube.

„Er ist fort!", schrie jemand.

„Ihm nach! Bildet einen *Byrrgis*!"

Oh nein, dachte Faolan. *Lasst ihn gehen. Er ist fort, lasst es jetzt gut sein.* Faolan wollte Heep weder jagen noch zerfleischen. Der gelbe Wolf war weg und das genügte ihm. An seinem Tod wollte er sich nicht schuldig machen.

Zum Glück kehrte der *Byrrgis* ein paar Stunden später unverrichteter Dinge zurück. Die Wölfe berichteten, dass sie Heeps Spur hoffnungslos verloren hatten. Der Mörder des *Malcadh* sei wie vom Erdboden verschluckt, erzählte einer der Jäger.

Ein Wolf der Vulkangarde

Am folgenden Tag stand Finbar, der fünfhundertzweite Fengo der Vulkangarde, auf einem *Drumlyn* aus Knochen, die im Lauf des *Gaddernag* geschnitzt worden waren.

„Ich trete heute vor euch, um die neuen Mitglieder der Garde des Kreises der Vulkane zu verkünden“, hob er mit leiser, kehliger Stimme an.

„Mitglieder? Mehr als ein Wolf?“, wisperten die Zuhörer überrascht.

„Ihr seid zu Recht verwundert. Es geschieht nur selten – vielleicht nur einmal in einem Jahrzehnt –, dass wir gleich zwei Knochennager finden, die für die Vulkangarde geeignet sind. Wie ihr wisst, sind unsere Anforderungen hoch. Wir sind eine kleine, erlesene Wolfsgemeinschaft, deren Amt bis in die frühesten Anfänge zurückreicht. Eine Eule hat unsere Vorfahren in die Hinterlande geführt. Aus Dankbarkeit gelobten wir, die Glut von Hoole zu bewachen, die tief im Krater eines der Heiligen Vulkane ruht.

Wir leisteten einen heiligen Eid, diese Glut vor jeglichem Feind der Ga'Hoole-Wächter zu schützen. Es ist eine alte, ehrwürdige Tradition, die Wölfe und Eulen verbindet.

Nun zu den Gewinnern des Wettkampfs. Wir haben zwei Wölfe ausgewählt, die nicht zu den Siegern im *Byrrgis* gehören. Ihre Geschichtenknochen zeugen jedoch von einer Kunstfertigkeit und Tiefe der Empfindungen, wie wir es selten erlebt haben. Mit großer Freude und Genugtuung verkünden wir daher die beiden neuen Mitglieder der Garde.

Tritt vor, Edme, Knochennagerin des Westrudels aus dem Clan der MacHeath."

Ungläubig stolperte Edme nach vorn. Eine Träne quoll aus ihrem Auge, als Finbar fortfuhr.

„Edme, du hast dich im *Byrrgis* durch deine Wendigkeit und Geistesgegenwart sowie deinen raschen, präzisen Todesbiss ausgezeichnet. Wir haben gesehen, dass du nicht nur eine schnelle Denkerin bist, sondern einen tiefen Geist besitzt. Mit deiner Geschichte hast du dein Schicksal für uns lebendig werden lassen. Du hast uns dein fehlendes Auge gezeigt, das dich lenkt und leitet wie ein Geist aus der Höhle der Seelen. Wahrhaftig, uns standen Tränen in den Augen, als wir deinen Knochen gelesen haben."

Edme trat nun mit hoch erhobenem, wedelndem

Schwanz vor den Fengo. Der Anführer der Garde legte ihr eine Kette mit nur einem Knochen um den Hals. Alle weiteren Knochen würde Edme später selbst schnitzen.

„Und nun“, fuhr der Fengo fort, „verkünde ich das zweite neue Mitglied.“ Tränen strömten ihm über das Gesicht. „Im Auftrag der *Taigas* der Garde rufe ich Faolan auf, Knochennager des Osthangrudels aus dem Clan der MacDuncan.“

Lautes Johlen stieg aus der Menge auf. Am lautesten bellten und heulten Dearlea und Mairie.

„Er hat es geschafft! Er hat es geschafft!“ Die beiden Schwestern sprangen hoch in die Luft und ihre Schwänze wedelten wie verrückt.

Der Lärm war so ohrenbetäubend, dass der Fengo kaum dagegen ankam. „Faolan, du wurdest zu Unrecht als Geiferwolf gejagt, als du in den Clan gekommen bist. Du bist über eine Feuerwand gesprungen und absurde Gerüchte – ich schäme mich, sie auszusprechen – wurden über dich verbreitet. Es wurde sogar gemunkelt, dass nur eine Kreatur aus der Dunkelwelt fähig sei, solche Knochen zu schnitzen.“

Der Fengo funkelte den MacDuff-Clan an, der dieses Gerücht in die Welt gesetzt hatte. „Doch wir Wölfe der Garde wissen, dass diese Schnitzkunst ein Geschenk des Großen Sternenwolfs höchstpersönlich ist. Dein Knochen, Faolan, erzählt die Geschichte von unwandelbarer Liebe und Treue, von Toleranz, Verständnis und Respekt den anderen Arten gegenüber, mit denen wir die Hinterlande teilen. Du wurdest misshandelt und geächtet wie kein zweiter Knochennager. Mag sein, dass du oft aufbrausend warst und es an Vernunft hast fehlen lassen. Aber die Würde, mit der du diese Wettkämpfe bestanden hast, und deine Schnitzkunst haben die Wölfe der Garde überzeugt. Es wird uns eine Ehre sein, dich zu unterrichten, in dein Amt einzuführen und Seite an Seite mit dir am Kreis der fünf Heiligen Vulkane zu dienen."

Faolan trat vor und senkte den Kopf, damit der Fengo ihm die Kette um den Hals legen konnte. Plötzlich stob ein Funke auf und das Spiralmuster an seinem Fußpolster wirbelte vor seinen Augen herum. Das hatte er schon einmal erlebt! Die Knochenkette um seinen Hals fühlte sich so vertraut an, geradezu unheimlich vertraut.

Edme und Faolan rührten sich nicht von der Stelle und starrten einander ungläubig an. Die anderen Knochennager umringten sie und schienen sich aufrichtig über ihren Erfolg zu freuen.

„Jetzt kommt schon", sagte der Pfeifer zu Faolan und Edme, die immer noch reglos dastanden, ohne zu bellen oder zu japsen oder ein einziges Wort zu sagen. „Zeigt mal ein bisschen mehr Begeisterung!“

„Ich kann es noch gar nicht glauben“, keuchte Edme. „Ich weiß nicht einmal, ob ich es wirklich verdient habe.“

„So ein Unsinn“, rief Creakle und sprang auf. „Mit nur einem Auge siehst du mehr als wir alle. Dein Geschichtenknochen hat uns tiefer berührt, als du dir vorstellen kannst.“ Er hielt inne und wandte sich an Faolan. „Und du, Faolan – jeder von uns hat sich irgendwann nach einer zweiten Milchmutter gesehnt. Wir hätten unser letztes Fellhaar dafür gegeben, Donnerherz kennenzulernen. Wir haben nur einen Teil deiner Geschichte erfahren, Faolan. Aber heute Abend werden wir den Rest zu hören bekommen, nicht wahr? Deine und Edmes Geschichte.“

„Ja, so steht es auf der Tagesordnung“, bestätigte der Fengo. „Und eine bessere Nacht zum Geschichtenerzählen hätten wir uns nicht wünschen können. Heute Nacht ist der Große Wolf in all seiner Pracht zu sehen. Auch der Sternenwolf wird eure Geschichten hören.“

Als Edme ihre Geschichte beendete, stiegen die ersten Sterne, die die Pfoten des Großen Wolfs bildeten, am dunstig-violetten Horizont auf. Nun war Faolan an der Reihe. Mit bebender Stimme trug er die *Qualids* seiner Geschichte vor: „Das ist die Geschichte meiner zweiten Milchgeberin, einer Grizzlybärin. Das Wort ‚fao' bedeutet in der Bären- und Wolfssprache zugleich ‚Fluss' und ‚Wolf'. Das Wort ‚lan' bedeutet in der Sprache der Bären ‚Geschenk'. Ein ‚Geschenk des Flusses' hat sie mich genannt.

Zu Anfang hatte ich keinen Namen für sie, nur meine frühesten Erinnerungen, wie ich in ihren Armen lag und auf das gewaltige Dröhnen ihres majestätischen Herzens lauschte. Das Geräusch verwob sich unauslöschlich mit meinen Milchträumen und mit der Zeit wurde die Bärin in meiner Vorstellung zu Donnerherz."

An dieser Stelle folgten drei weitere *Qualids*, eins für jede Jahreszeit, die Faolan mit Donnerherz verbracht hatte. Als er zu Ende geheult hatte, herrschte tiefe Stille in der Versammlung. Die Zuhörer waren zu Tränen gerührt. Wölfe aus allen Rudeln und Clans traten einer nach dem anderen zu Faolan.

Liam MacDuncan war der Erste. „Darf ich den Knochen lecken?", fragte das Oberhaupt.

„Und ich bitte auch", wisperte Cathmor. „Ich fürchte, ich war nicht gut zu dir, junger Wolf. In Zukunft werde ich es besser machen."

„Nicht nötig, Herrin", erwiderte Faolan. „Es genügt, wenn Ihr mich einfach wie ein Mitglied des MacDuncan-Clans behandelt."

Cathmor seufzte leise. „Aber du bist jetzt ein Mitglied der Vulkangarde."

„Trotzdem repräsentiere ich den MacDuncan-Clan. Ich bin als MacDuncan geboren und werde immer ein MacDuncan bleiben."

„Mein Gefährte hat an dich geglaubt", wisperte Cathmor.

Und ich glaube immer noch an ihn, hätte Faolan am liebsten erwidert. Auf geheimnisvolle Weise fühlte er sich vom Geistnebel des verstorbenen Oberhaupts eingehüllt, während er die Ehrenbekundungen entgegennahm. Der Murmeltierknochen, den Faolan geschnitzt hatte, glänzte von den Zungen der Wölfe.

Magengrimmen

Während Gwynneth hoch über den Wolken dahinflog und dem Geräusch der Tiertritte unter ihr folgte, spürte sie, wie sich ihr Magen verknotete. Obwohl ihr die Wolkendecke die Sicht versperrte, wusste sie, dass es Wölfe waren. Sie hörte es am Geräusch und Rhythmus der Tritte. Auf jeden Fall waren es mehr als zwei Wölfe. Die Sark würde sie vermutlich auslachen und behaupten, sie sei abergläubischer als ein Wolf. Aber was Gwynneth hörte, gefiel ihr gar nicht. Erst recht nicht, was sie zu sehen bekam, als sie durch die Wolkendecke brach.

Ihr kam fast wieder das Gewölle hoch. Es waren tatsächlich *drei* Wölfe: Heep und zwei zottige Kreaturen aus den Frostlanden. Clanlose! Was in aller Welt hatten die hier verloren? In dem Teil der Hinterlande gab es zu dieser Jahreszeit kein Wild. Das war ja, als ob ... Nein! Unmöglich!

Gwynneth machte eine scharfe Kehrtwendung am Himmel. Sie wollte kein Risiko eingehen. Wenn sie nicht alles täuschte, führte Heep die Wölfe zu dem Ort, an dem Faolan die Pfote seiner geliebten Donnerherz begraben hatte. Heep hatte im *Raghnaid* mit angehört, wo Faolan die Knochen vergraben hatte. Jetzt wollte er vermutlich die schrecklichste Rache an Faolan nehmen, die er sich denken konnte. Gwynneths Magen schlingerte. Der Wind war mit ihr und sie flog wie ein Häg aus Hägsmir zum *Gaddernag*-Lager zurück. Sie musste Faolan warnen.

Als sie landete, wurde Faolan gerade von den Wölfen geehrt und dabei durfte sie nicht stören. Ungeduldig hockte sie in den Ästen einer Fichte und schaute zu. Doch sobald alle Wölfe den Knochen beleckt hatten, flog Gwynneth zu Faolan hinunter.

„Bist du ganz sicher, dass sie dorthin wollen?“, fragte Faolan.

„Nein, sicher bin ich nicht. Aber du willst es doch nicht drauf ankommen lassen, oder?“

„Nein, natürlich nicht.

„Gut, dann dürfen wir keine Zeit verlieren“, erwiderte Gwynneth. „Du brichst sofort auf, Faolan. Ich gehe zu den Oberhäuptern und erzähle es ihnen. Ich nehme an, sie werden einen *Byrrgis* auf die Beine stellen, aber das kann dauern. Ich weiß, wie schnell du läufst. Du wirst vor ihnen dort sein.“

Faolan stürzte davon und Gwynneth folgte ihm schon bald, aber der *Byrrgis* lag weit hinter ihnen. Gwynneth war normalerweise schneller als jeder Wolf, aber dieser Faolan lief wie der Wind. Die Eule staunte, als sie zu ihm hinunterschaute. Faolans starke Beine verschlangen geradezu den Boden. Er zischte durch die Gegenwinde wie brennende Glut durch dürres Laub. *Der Pfad unter seinen Pfoten muss schon glühen*, dachte sie. Großer Glaux, war je ein Wolf so schnell gerannt?

Der aufgehende Mond waberte als riesige Silberblase am Horizont und tauchte die Hinterlande in helles, gleißendes Licht. Gwynneth traf als Erste ein. In einem Streifen Mondlicht entdeckte sie Heep, der mit der Nase am Boden schnüffelte. Die beiden zottigen Clanlosen – der eine rötlich, der andere dunkelgrau mit braunen Flecken – schnüffelten hinter ihm herum. Auf der anderen Seite der Hügelkette lagen die Salzseen. Die Pfotenknochen von Donnerherz hatte Faolan jedoch hier an der Nordseite begraben.

Mit ausgestreckten Krallen kreiste Gwynneth auf Heep zu. Sie war zu klein, um ihn aufhalten zu können, und die beiden anderen Wölfe würden sie vermutlich auch angreifen. Aber vielleicht konnte sie

Heep einen ordentlichen Schreck einjagen oder ihn wenigstens einen Moment ablenken. Gesagt, getan. Heep bäumte sich auf und schlug mit den Vorderbeinen um sich. Die beiden anderen Wölfe stürzten sofort herbei.

„Weg da! Weg da!", kreischte Gwynneth. „Beim Geist des Großen Lupus, haut ab!"

Die drei Wölfe starrten sie fassungslos an. Seit wann fluchten Eulen wie Wölfe?

„Was willst du hier?", fragte Heep.

Gwynneth landete auf einem hohen Felsen. „Nein, mein Lieber, die Frage ist, was habt *ihr* hier verloren? Kein Wolf lässt sich zu dieser Jahreszeit bei den Salzlagunen blicken. Wozu auch, wenn es kein Wild gibt." Die Eule beäugte die beiden Clanlosen, die sie drohend anknurrten. *Großer Glaux, wie die stanken!* Aber das war kein Wunder, denn diese Wölfe fraßen sich in den Hungermonden gegenseitig auf. Daher ihr beißender Geruch, den selbst eine Eule wahrnahm und nicht ertragen konnte.

Alle drei Wölfe fletschten die Zähne, ließen die Ohren nach vorn schnellen und duckten sich in Angriffshaltung. Auf ein lautloses Signal hin schnellten sie auf den Felsen zu, auf dem Gwynneth hockte. Doch die Eule schwang sich mühelos in die Luft. Zu dumm, dass sie ihren Gluteimer nicht dabeihatte.

Dann könnte sie jetzt einen Rumser auf die Wölfe fallen lassen. Ihr Fell würde in Flammen aufgehen wie ein Saftbaum in der Trockenzeit!

Im nächsten Moment entdeckte Gwynneth Faolans langen Schatten, der über den Hang fiel. Endlich! Wurde auch langsam Zeit, dass Verstärkung kam. Erleichtert schoss sie noch höher in die Luft. *Wie schlau von Faolan, sich von hinten anzuschleichen*, dachte sie. Doch schon hatte auch Heep Faolan entdeckt. Mit wutschnaubender Stimme stieß er hervor: „Ah, Faolan, bist du zum Endspiel gekommen?"

Er ist wahnsinnig, dachte Gwynneth. *Irre. Der gelbe Wolf ist völlig übergeschnappt.*

„Ja, aber nicht zu meinem, sondern zu deinem."

„Nicht, wenn ich die Knochen deiner teuren Donnerherz in die Pfoten bekomme."

Gwynneth, die hoch über allem schwebte, hatte das Gefühl, aus ihrem Körper herausgeflogen zu sein. Wie in einem Traum verfolgte sie den sonderbaren Schattentanz im Mondlicht unter ihr. Die vier Wölfe bewegten sich im Kreis herum, knurrten und schnappten mit den Kiefern.

„Gib sie auf!", fauchte Heep. „Gib endlich die Knochen der Grizzlybärin auf!"

„Niemals!", knurrte Faolan.

„Du hast Angst! Du fürchtest dich davor, ohne

deine zweite Milchgeberin auf der Erde zu wandeln, was?“

„Das sind ihre *Knochen*. Sie ist tot.“

„Aber du bist nicht tot. Und ohne diese Knochen bist du nichts, hab ich Recht?“, zischte Heep.

„Nein, da irrst du dich“, ertönte eine andere Stimme. Die vier Wölfe schreckten zusammen. Im nächsten Moment sprang die Sark den Hang herunter und stellte sich neben Faolan. Die beiden Clanlosen duckten sich drohend auf den Boden und zogen die Lefzen zu einer hässlichen Fratze zurück, doch Faolan ließ sich davon nicht beirren. Er hielt den Schwanz hoch erhoben, sein Blick war fest und ruhig. Er schwebte geradezu auf Heep und die beiden Clanlosen zu – wie ein silbriger Sternenschwarm im Mondlicht. Hinter ihm wallte ein Nebel auf und die drei Wölfe zitterten jetzt hemmungslos. Es war, als würde ihnen das Mark aus den Knochen gesaugt. Was hier auf sie zukam, war nicht nur Faolan, der neue Gardewolf, sondern ein ganzes Geisterheer – angefangen von dem kürzlich verstorbenen Duncan MacDuncan bis hin zum ersten Fengo, der die Wölfe in die Hinterlande geführt hatte.

„Lasst die Knochen meiner Milchgeberin Donnerherz in Frieden und packt euch fort in die Frostlande. Ich will nicht, dass euer Blut an meinen Pfoten klebt.“

Heep und die beiden Clanlosen ließen sich das nicht zweimal sagen. Sie hetzten davon, als sei der Teufel hinter ihnen her.

Der *Byrrgis* kam zu spät. „Sie sind fort. Und Heep mit ihnen“, verkündete die Sark.

„Fort?“, wiederholte Liam MacDuncan. „Und wohin?“

„In die Frostlande“, erwiderte Faolan. „Verfolgt sie nicht. Sie werden nicht zurückkommen.“

Liam MacDuncan legte den Kopf von einer Seite auf die andere. Schließlich blickte er zum Großen Wolf über ihren Köpfen auf. „Merkwürdig, ich spüre den Geist meines Vaters.“

„Gut möglich“, sagte Faolan. „Gut möglich.“

Epilog

Ein Gebet

Gwynneth kehrte zu ihrer Schmiede zurück, während Faolan zum Carreg-Gaer-Rudel lief, um die Reise zum Kreis der Heiligen Vulkane anzutreten. Die Sark trottete in ihre Höhle zurück, nahm einen frisch gebrannten Erinnerungskrug aus dem Ofen und wisperte so leise hinein, dass ihre Worte kaum zu hören waren.

„Ich bin ein vernünftig denkendes Wesen. Ich glaube nicht an Magie und auch nicht an Geistnebel – *Lochin*, wie die Wölfe es nennen, oder *Geisterschnäbel*, wie die Eulen sagen. Aber heute Nacht habe ich die Geister der verstorbenen Wölfe unter dem vollen Mond der Singenden Gräser gespürt. Ich glaube, sie wurden von dem künftigen Gardewolf Faolan heraufbeschworen. Er scheint sich seiner Macht jedoch noch nicht bewusst zu sein und er kennt auch nicht den Grund für das merkwürdige Spiralmuster am Fußpolster seiner gespreizten Pfote. Kann es sein, dass er eine *Gyre*-Seele ist – eine ‚Strudelseele', wie die *Skrielin* der alten Zeit es nannten?"

Die Sark nahm die Schnauze aus dem Gedächtniskrug und stopfte einen Pfropfen Sumpflehm in die Öffnung, um den Krug luftdicht zu verschließen. Kein einziges Wort sollte sich verflüchtigen. Dann schürte sie das Feuer in ihrem Höhlenofen, kreiste dreimal eng um sich selbst und ließ sich zum Nachtschlaf auf den Fuchspelz fallen. Es war ein langer Tag gewesen. Die Sark war todmüde. Als sie das süße Klagelied der Singenden Gräser vom Sumpfmoor hörte, galt ihr letzter Gedanke nicht Faolan, sondern der Wölfin Morag. Wie stolz wäre sie auf diesen Sohn gewesen, den sie nie wirklich kennenlernen durfte und jetzt nicht vergessen konnte. *Möge es ihr wohl ergehen. Und möge ihr Ende friedlich sein, wenn ihre Zeit gekommen ist.*

Nachwort der Autorin

Ich habe mich beim Schreiben dieses Buches häufig von der Geschichte und der Literatur inspirieren lassen. Diese Einflüsse möchte ich hier mit tiefer Dankbarkeit benennen: Die literarische Vorlage für den Knochennager Heep lieferte natürlich kein anderer als Uriah Heep, eine Romangestalt, die Charles Dickens in seinem Meisterwerk „*David Copperfield*" geschaffen hat. Uriah Heep, wegen seiner Scheinheiligkeit und Niederträchtigkeit berühmt-berüchtigt, ist eine der abstoßendsten Gestalten der Romanliteratur.

Duncan MacDuncans Rede im fünften Kapitel, in der erklärt wird, warum die Wölfe der Hinterlande Gesetze brauchen, habe ich der Rede von Sir Thomas More aus dem Stück von Robert Bolt „*A Man for All Seasons*" nachempfunden. Darin heißt es: „Dieses Land ist von einer Küste zur anderen mit Gesetzen bepflanzt, Menschengesetze, nicht Gottesgesetze. Risse man sie aus – und Ihr seid mir genau der Mann dafür –, glaubt Ihr wirklich, Ihr könntet aufrecht in den Winden stehen, die Euch dann entgegenfegten?“ (Erster Akt, siebente Szene).

Tiefen Dank schulde ich auch dem Musiker Bob Dylan. Die Rhythmen, Reimschemen und Phrasierungen vieler seiner Lieder und Balladen spiegeln sich in den Gedichten dieser Erzählung wieder. Das Lied, das Faolan am Ende des neunten Kapitels heult, sowie Gwynneths Trauergebet am Ende des zwölften Kapitels sind abgeleitet von Dylans Klassiker *„The Times They Are A-Changin'“*.

Ich war immer der Meinung, dass Schreiben keine einsame Tätigkeit ist, sondern ein Dialog zwischen Autor und Vergangenheit – was man gelesen, gehört und aufgenommen hat. Die Schultern von Riesen sind nicht nur für Wissenschaftler da, wie Newton meinte. Auch Schriftsteller und Künstler lassen sich gern darauf nieder. Falls ich bei meinen Danksagungen den einen oder anderen Riesen übersehen habe, bitte ich um Nachsicht.

K.L.
Cambridge, Massachusetts
Juni 2010

Kathryn Lasky, preisgekrönte Autorin zahlreicher Kinder- und Jugendbücher, lebt mit ihrem Mann in Cambridge, Massachusetts. *Die Legende der Wächter*, eine Fantasy-Serie über die tapferen Eulen von Ga'Hoole, ist nicht nur in den USA und in Deutschland ein Bestseller, sie wurde auch 2010 verfilmt. In *Clan der Wölfe* entführt Kathryn Lasky ihre Fans in die Wildnis des Nordens, wo Jungwolf Faolan seinen Platz im Rudel erkämpfen und dunklen Mächten trotzen muss.

Ravensburger Bücher

Erobere die Wildnis

Kathryn Lasky

Donnerherz

Der Clan der Wölfe, Band 1

Jungwolf Faolan wird von der Grizzlybärin Donnerherz aufgezogen. Nach einem Erdbeben ganz auf sich allein gestellt, muss er sich einen Platz in einem Wolfs-Clan erkämpfen. Sonst sind seine Tage gezählt.

ISBN 978-3-473-**36879**-2

Kathryn Lasky

Schattenkrieger

Der Clan der Wölfe, Band 2

Faolan will in den Kreis der Wölfe aufgenommen werden, die die heiligen Vulkane bewachen. Doch der verschlagene Knochenwolf Heep versucht ihn mit allen Mitteln auszuschalten.

ISBN 978-3-473-**36880**-8

www.ravensburger.de

Ravensburger

HC_13_048

PUMABAUM
FROSTLANDE
HINTERLAN
Höhle der Vorzeit
FROSTWALD
MacDoneg
Gebiet
Winterbau von Donnerherz und Faolan
Sommerbau von Donnerhe und Faolan
SALZSEE
N